Miguel Angel Asturias

Don Niño oder Die Geographie der Träume

Miguel Angel Asturias

Don Niño oder Die Geographie der Träume

Roman

Aus dem Spanischen von Anselm Maler

Lamuv Taschenbuch 149

Originaltitel: El Alhajadito

Bitte fordern Sie unser kostenloses Gesamtverzeichnis an:
Lamuv Verlag, Postfach 26 05, D-37016 Göttingen

Gedruckt auf Pegasus Book Paper
der Firma Steinbeis Temming Papier GmbH, Glückstadt

1. Auflage März 1994

Umschlaggestaltung: Gerhard Steidl
unter Verwendung eines Fotos von Albert Sterr
Gesamtherstellung: Steidl, Göttingen
Printed in Germany
ISBN 3-88977-362-1

Erster Teil

1

Ein Bart von Zuckersirup. Die beiden Spitzen senkten sich über die Mundwinkel wie ein Chinesenbart; kitzlige Süße, wenn seine Katzenzunge darüber leckte. Mit klatschenden Schlägen wehrte er sich gegen die Fliegen. Er mußte seinen Schnurrbart verteidigen. Beim Angriff des Insekts ein leichtes Schwirren, dann, als er es getroffen hatte, dumpfes Summen. Taumelnd erholte es sich und flog wieder umher. Und während die Fliege sich dem Schnurrbart in wohlüberlegten Kurven näherte, unablässig neue Kreise ziehend, verwandelte sich die schlagende Hand in eine langsame Gebärde. Die schweren, grünschillernden Brummer lenkten ihn ab vom schläfrigen Auf und Nieder der kleinen Fliegen. Und er sog an seinem Zuckerrohr und kaute und kaute das weiße Mark, das sich zwischen den scharfen Schneiden der immer saftigen Schale befand.

Das Haus besaß in einem vergessenen Winkel einen kleinen Flur, der weder Tür noch Fenster hatte. Er endete am Rücken einer glatten Wand, die ihn von einigen Räumen für Schirrzeug und ähnliche Gerätschaften trennte. Ein Vorbau fiel schräg auf drei hölzerne Pfosten herab, die ihrerseits auf Steinen standen, und diente als halbiertes Dach, ein Dach, das weinte. Es regnete, doch nur auf einer Seite fiel das Wasser herab. Es gibt auch Dächer für zwei Wassergüsse. Häuser, die aus beiden Augen weinen. Der kleine Flur, sein kleiner Flur, weinte nur aus einem Auge, erst Tropfen für Tropfen, dann die Ziegel herunter kleine Tränen, die sich zu feinen klagenden Bächen sammelten und durch die großen Flüsse in den Atlantik oder den Pazifik gelangten. Die Häuser mit den beiden Wassergüssen weinen oben auf den Höhen für beide Meere – ein Auge für jedes Meer.

Die glatte Wand, das halbe Dach, ein Boden aus quadratischen Kacheln und weiter unten statt des Hofs die wilde Heide. Alle Arten von Gestrüpp. Weiter weg das gleiche. Und noch weiter wiederum dieselbe wilde Heide auf den Bergen.

Niemand kümmerte sich um den kleinen Flur. Er existierte unbeachtet. Der Wind fegte ihn wie ein Zwerg. Der schräge Regen wusch ihn. Da entdeckte er Hühnermist auf dem Boden. Er machte zwar keine großen Augen, öffnete sie aber doch so weit wie die Pupillen es zuließen, um sein Erstaunen zu bekunden.

Hühner...? Wann kamen sie hierher...? Und von wo kamen sie...?

Die Hühnerställe befanden sich auf der anderen Seite des Hauses. Waren sie herübergeflogen? Aber er hätte hören müssen, wie sie fliegend oder auch kriechend über die Höfe kamen.

Ja, dieser Flur. Sein eigener Flur. Eines Morgens entdeckte er die Schale einer Advokatenfrucht. Wie ein Körbchen. Er nahm sie nicht wichtig. Tat so, als ob er sie nicht sähe. Und deshalb sah er sie nicht, aber aus dem Körbchen sah ihn jemand an. Eine Pupille schimmernden Wassers auf dem schwärzlich-schimmligen Boden. Da gab er ihm einen Tritt und war wieder Herr des kleinen Flurs, der nach Leuten roch, nach vielen Leuten, nach

verschwitzten Leuten, Leuten mit Temperament, Leuten, die sich nicht baden, Leuten, die viel gelaufen sind.
Eines Tages gab es eine kohlschwarze Schramme an der weißen Wand wie ein Riß von einem Erdbeben. Mittagssonne, schmerzend hell. Eben war ein Coronado aufgetaucht und bewegte sich wie in einem unsicheren Wasser bis zum Rande des Flurs. Plötzlich erhob er sich auf das Vordach und hinterließ ein freudiges Flügelschwirren im Raum.
Wer hatte in die Wand gekratzt? Wer war gestern abend in den kleinen Flur gedrungen? Gestern war dieser Riß noch nicht da. Wer? Wer...?
Schon stand der Winter vor der Tür. Es ging nicht an, daß er so voller Zweifel über die nächtlichen Besuche von Hühnern und Gespenstern, die Advokatenfrüchte aßen, seinen kleinen Flur den ganzen Winter über allein ließ.
Er würde herkommen und sehen, wie die Heide das Regenwasser schluckte, und das würde anders klingen als der Regen auf den gepflasterten Innenhöfen des Hauses. Die Heide würde ihn schlucken und sonst nichts. Als ob sie mit offenem Munde darauf wartete.
Er raffte sich auf und ging mit großen Schritten davon. Das verlassene Stück Flur, der Armstumpf eines alten Hauses.
Eins, zwei, drei... Wie viele Reihen quadratischer Kacheln? Drei, vier, fünf, sechs, sieben... Und auf der anderen Seite der Wand, in den dunklen Räumen, das Geschirr für die Lasttiere und einige schmale, hohe Fässer voll oxydierter stinkender Münzen, die in Asche staken, untermischt mit verkohltem Papier.

Ein paar von diesen Münzen trug er immer in seinen Taschen. Angenehm das Gewicht des tingelnden Metalls in der lappigen Leere des Taschensacks. Nicht alle Münzen waren gleich. Die größeren, goldenen, blutfarbenen zeigten auf einer Seite zwei winzige Säulen, Tilden, die wie Wellen aussahen, während oben, im Hintergrund, die Sonne halb aus dem Meer stieg; und auf der anderen Seite zeigten sie eine Frau mit verbundenen Augen, die in der linken Hand einen Zweig und in der rechten eine Waage trug. Andere Münzen, weniger schwere, etwas dünne, weißlich gefärbte, trugen auf der einen Seite die Nummer neun, die auch eine sechs sein konnte, je nachdem wie man sie betrachtete, und zeigten auf der anderen Seite eine offene Hand. Am seltensten waren einige sehr kleine Münzen, die in der Mitte durchlöchert waren und Cuartillos hießen.
Als der Winter kam, fühlten sich die Münzen feucht und klebrig an; sie stanken nach Metall, verloren sich in ihren Fässern, und die Asche verbreitete sich über den Boden, so oft seine Hand darin versank, um in der Tiefe noch mehr Münzen zu finden. Einmal fühlte er, wie die Asche seine Hand zusammenpreßte. Gewaltsam riß er den Arm heraus und wußte nicht, ob wirklich die Asche seine Finger, seine vor Schreck zitternden Finger, ergriffen hatte. Sein Mund wurde trocken, er fand kaum Zeit, sich zu entfernen, die Hand in Knochenasche eingewickelt wie in einen Handschuh. Schreie ... knackende Hölzer ... züngelnde Feuer, die alles, was ihnen in den Weg kam, fraßen ... dröhnende Axtschläge ... und in der Ferne das Geknall der Harkebusen, begleitet von einem

durchdringenden Geruch nach Teer, Pulver, Asphalt und Salzwasser.
Er war in seinem kleinen Flur. Nichts Wirkliches. Einbildung. Träume. Märchen der alten Mägde. Er war in seinem kleinen Flur mit einem Stückchen süßen Zuckerrohrs, sein Schnurrbart klebte an den Mundwinkeln und die Fliegen im Fluge...
Langsame Gebärden. Schläge mit der Hand...
Der Sirup durchdrang ihn mit einer angenehm warmen Empfindung wie von Früchten und Engeln. Eine Flöte aus Zuckerrohr. Nur daß ihr Klang aus zuckrigem Seim bestand. Und seine Flöte brächte er mit und würde sie spielen, als ob er Zuckerrohr lutschte, und ihr Saft verwandelte sich in Musik. Seine Finger würden wie Spinnenbeine in rasendem Lauf die Löcher der Flöte bedecken und öffnen und Töne einsperren oder entweichen lassen. Anderer Sirup. Andere Feste. Der vergessene kleine Flur wäre dunkel und die Flöte würde man weit in der Dunkelheit hören, und er säße entrückt in seinem kleinen Flur, weit weg, ohne Fliegen, ohne Sirup, ohne Bart.

2

Der kleine Besucher wußte kaum etwas über den Flur. Und wenig genug gab es zu wissen über dieses traurige Stelldichein aller möglichen Dinge, die Zeit und Wetter ausgelaugt hatten. Die Wand, die Pfeiler, der gekachelte Boden, das Vordach. Ziegel über Stangen aus schwarzem Rohr, das feste, staubige Lianen mit den rohen Stämmen des Gebälks verbanden. Ja, er wußte wenig, und doch schien er stets auf etwas Unerklärliches zu warten. Er strich mit der Hand über die Wand. Er umarmte einen Pfeiler. Er setzte sich an den Rand des Flurs, die Füße in Heide getaucht.
Wie lange mochte er gesessen haben?
Bis er sich den Sand vom Hosenboden klopfte und fortging, ohne sich umzusehen.
Eine kurze Strecke Flur. Die Wand. Die Decke. Die Pfosten. Die Heide. Der kurze Flur, der nicht fähig ist, in einem Was-geht-es-mich-an mit den Schultern zu zucken. Pfeifend ging er davon. Die Bauernburschen pfeifen wie die Vögel. Aber ein Kind darf nicht pfeifen, auch ist es ihm nicht erlaubt, Zuckerrohr mit den Zähnen zu schälen, oder gar auszulutschen; noch weniger darf es die zwischen den Backenzähnen zermalmten Reste zerkauen und auf den Boden spucken.
Aber er ging nicht fort. Ein grüner Brummer nutzte das letzte bißchen Lärm, bevor, nach seinem Entschwinden, der kleine Flur in Stille und Unbeweglichkeit versinken würde. Er hielt inne.

Spähend verweilte er. Ein halbes Gesicht und ein Auge tauchten vorsichtig auf um zu sehen, was der kleine Flur machte, wenn er nicht da war. Auf der Oberfläche der getünchten und schmutzigen Wand, an den Füßen der Pfeiler, an den Windungen der Lianen, die die Dachsparren an das Gebälk banden, im kralligen Zugriff der Sonne zwischen den schlecht gemauerten Ziegeln geschah überhaupt nichts.

Ihm behagte seine Herrschaft über den kleinen Flur, ob er anwesend war oder nicht. Aus seinem Versteck hervorgekommen, berührte er jeden einzelnen Gegenstand und nannte ihn mit lauter Stimme, um sich besser anzueignen, was er längst als das Seine empfand. Wenn er sich reden hörte, fühlte er sich sicherer. Den Pfeiler einen Pfeiler zu nennen, die Kachel eine Kachel, die Wand eine Wand, verschaffte ihm Überlegenheit, ja, eine gewisse Majestät.

Aber es strengt an, alleine zu sprechen, sich mit tauben, stummen, unempfindlichen Dingen zu unterhalten. Und doch, wieviel Autorität hat das Wort.

Fliegen, Gebärden, Worte und der gleiche kleine Flur, immer der gleiche, unveränderliche, unerschütterliche kleine Flur.

Ein Pfosten weniger und er fiele zusammen, die Decke sänke herab wie ein gebrochener Hühnerflügel und die Wand spuckte Tünche, eierschalenfarbene Tünche aus. In Stücke zerspränge der Boden oder versänke beim Aufschlag der Balken. Es brauchte nur plötzlich ein Pfosten zu fehlen.

Von dieser Möglichkeit her betrachtete er den Flur. Er war nicht mehr sein Freund. Mit betont harten

Augen sah er ihn an. Er schlug mit der Faust an den Pfosten, der ihm am nächsten stand. Ein Geräusch, ein Beben dicht über seinem Kopf breitete sich über die Decke aus. Und er schlug fester und fester. Jedesmal bebte es stärker. Er lächelte bübisch bei dem Gedanken, der kleine Flur könne tatsächlich glauben, die Erde bebte.

Bei den Schlägen kamen an der Decke einige Spinnen, Mäuse und eine endlose Reihe von Schaben in allen Größen hervor, sie drängten von einer Seite zur anderen, und es gelang ihm sogar, eine kleine Schlange aus dem Augenwinkel zu erkennen.

Wie ...? Gab es soviel Leben in diesem Stückchen Flur, für dessen einzigen Bewohner er sich hielt?

Das kleine Erdbeben brachte ganze Familien von Schaben zum Vorschein, von Spinnen und Mäusen. Wie viele Augen, nicht seine eigenen Augen... Tröpfchen von lebendem Wasser; leuchtende Tröpfchen intelligenten Wassers! Wieviel Bewegung im Dunkeln! Nicht nur er bewegte sich in dem kleinen Flur. Die Spinnen verschwanden wie in eilig hingenähten Steppstichen, die Schaben blieben unentschlossen, dumm, die Mäuse huschten geräuschlos davon. Und er hatte gemeint, allein und der einzige Herrscher in seinem Flur zu sein!

Die Schaben, in ihrer Flucht gehindert, schlugen die Flügel aufeinander, um sich die Angst zu vertreiben. Eine zypressenfarbene Spinne lief auf einer Seite dahin wie eine Hand, die eine Spanne mißt. Ein Mauseschnäuzchen. Ein Skorpion ...

Instinktiv stürzte er sich auf das Insekt und zertrat es. Der Todeskampf einer lebendigen Spannfeder. In Wahrheit gehörten die Tiere nicht zu dem kleinen Flur, sondern zur Nachbarschaft, zu dem Schuppen mit den Aschenfässern, dem Sattelzeug und dem Geschirr für die Lasttiere. Sattelzeug und Traggeschirr bewahrten unter ihrer Biegung, der Biegung kleiner japanischer Brücken, die leichte und rasche Bewegung der Tiere. Manche Reittiere gehen wie trabende Flüsse, andere gehen wie Flüsse im Trott.

Er stand unbeweglich; er war es, der süßes Zukkerrohr verschlang, der kleine Erdbeben verursachte, er war der Herr über ein Stückchen Flur, das von kleinen unsichtbaren Wesen und einem mit Asche vermischten Münzenschatz bewohnt wurde. Die Schaben, die Spinnen, die Mäuse, alle kehrten zurück in die schwarze Welt des Unsichtbaren, begaben sich wieder unter die Herrschaft der Finsternis und des Schimmels, und des Staubes eines von Käfern zerfressenen Holzes. Speicheltiere und Pelztiere der Finsternis, Tausendfüßler von der Farbe welker Blätter, nadelgleiche Grillen mit vorstehenden Augen, blinde Würmer, Eidechsen. Nichts war geschehen außer den Schlägen an den Pfosten. O doch, der dickschalige Skorpion, den er mit dem Fuß zerquetscht hatte, war tot!

3

Im mond- und sonnenverwirrten Morgenlicht fand er sich wieder zwischen dürren Männern, die in ihren schorfigen Kleiderfetzen aussahen wie Leuchterbaumwurzeln, und blickte zwischen den breiten, gelblichen Palmsombreros durch die Fischernetze, die in dem weitläufigen Patio ausgespannt waren. Es dämmerte. Die Männer machten ihre Werkzeuge fertig, um unten in der Lagune fischen zu gehen. Sie glich von hier gesehen einem großen Tümpel mit schmutzigem Wasser und hieß deswegen *›El charco de limosnero‹*, der *›Bettlertümpel‹*.
Seine übernächtigten Kinderaugen fanden keinen Halt. Die Hähne krähten, eiskalt, fröstelnd, lustlos, mit verschlafenem Körper, träge, stumpf und gähnend.
Jetzt die letzten Flicken in die Netze und den Speichel noch nüchterner Leute, Speichel, klebrig wie Schlaf. Sie hielten das Netz mit den Zähnen in die Höhe, während Finger und Hände bald hier bald da die Enden der losen Garne, die lockeren Ketten verknoteten.
Die Stimmung der Fischer ließ die Hunde wachsam werden. Sie warteten auf die Ausfahrt, schnüffelten mit ihren wunden feuchtkalten Schnauzen an den Hanfkörben herum, in denen Fleischstücke und Tortillas lagen, schnüffelten an den Kürbisflaschen mit klarem Wasser und warmem Kaffee, an den Decken, an all den Dingen, die sich unter dem Zeichen der Luntenflinten und Macheten auf

einem Haufen Stroh versammelt hatten, der nach trockenem Mist roch.
Sie gingen. Verschwanden. Männer und Hunde. Hinter ihnen der Mond. Ein Eierhäutchen. Einzig die Sonne, das Gehen und Kommen der Frauen draußen und im Haus.
»...von dem großen See ist ein Tümpel geblieben, von dem alten Haus nur der kleine Flur und von dem Geld, das damals zählte, sind ein paar wertlose Münzen in Fässern geblieben, die Asche enthalten...«
Die Fischer ließen nicht ab von ihrem rätselhaften Geschwätz, während sie die Netze flickten. Sie hörten auf diese Weise die Leute von damals reden, und wiederholten das Gerede wie er es sich auf dem Wege zum kleinen Flur wiederholte, nachdem die Fischer entschwunden waren.
... *»El charco de limosnero«* ... *»Der Bettlertümpel«* ...
Sonst sagten sie nichts. Ein starker Wind bewegte die Bäume. Es hörte sich an wie aufgewühltes Wasser. Der überaus helle Tag stand im Widerspruch zu dem unangenehm kühlen Wind. Aber in dem kleinen Flur, in dem alles gleich aufwachte, fand er Zuflucht. Und da erblickte er ihn. Ließ die Augen zurückwandern. Von der Heide her führte ein Weg über den Kachelboden bis hin zu der Stelle, wo der tote Skorpion lag. Als er den Schuh auf ihn gesetzt, hatte er ihn mit Blut an den Boden geleimt. Die Ameisen hatten ihn abgelöst und bewegten ihn. Sie waren dabei, den Skorpion fortzuschaffen. Unter der schweren schmierigen Masse, die lauter Ameisen trug, schritten tausende kleiner Füßchen voran. Eine kostbare Last. Der

Skorpion hält sich einen ganzen Winter lang. Deshalb streiten sich die Ameisenvölker um eine solche Beute. Ja, sie erklären einander den Krieg. Es geht um einen Staatsschatz. Die Lastträgerinnen wußten vielleicht nichts davon. Ihre Aufgabe war es, ihn so rasch wie möglich fortzuschaffen, und sie schleppten ihn, die einen unten, andere seitlich, einige oben. Es schien, als ob der tote Skorpion die gefährlichen Bewegungen seiner Zangen und seines Stachels wiedererlangte.
Er war übrigens nicht der einzige, der sich vor dem Winde flüchtend in die Hut des kleinen Flurs begab. Einige weiße, schwere, feuchte Schmetterlinge suchten den Schutz der in Sonne gebadeten Wand und der Decke. Weiße Flügel über der Grablegung des Skorpions, der von den Ameisen getragen wurde, begleitet von einem Gefolge tausender kleiner schwarzer Pünktchen. Nur wenn sich die Lastträgerinnen ausruhten oder sich abwechselten, stockte das Leichenbegängnis für einen Augenblick.
Sein Fuß, der mit der Spitze auf dem Sockel eines der Pfosten stand, war eingeschlafen, während er das erhabene Schauspiel fasziniert betrachtete. Mehrmals preßte er ihn auf den Boden, bis er nicht mehr nur das tote Gewicht des Schuhs fühlte, der wie ein leerer Sack hin und her schlenkerte, sondern auch so etwas wie einen Ameisenhaufen – als ob die Ameisen hineingestiegen wären. Und zwar waren sie nicht außerhalb des Fußes – fester drückte er ihn auf den Boden – sondern drinnen, zwischen Haut und Fleisch.
Beim ersten Stoß des großen kribbelnden Schuhs ließen die Lastträgerinnen den Skorpion, den sie

eben den kleinen Flur hinuntertrugen, im Stich. Das Gefolge der anderen lief auseinander, und vom Leichenbegängnis blieb nur das Flattern der Schmetterlinge in der feuchten Luft, die nach dürren Eichenblättern duftete. Er tat, als ob er nichts bemerkt hätte. Die Wege der Ameisen bildeten schwarze Fischernetze auf dem Grün der Heide, Angelschnüre der Trauer, die sich verknoteten und lösten ohne je durcheinander zu geraten.

Der *›Bettlertümpel‹* ...

Von dem kleinen Flur aus konnte man ihn nicht sehen; es nützte auch nichts, auf den Zehenspitzen zu stehen oder auf die Sockel der Pfosten zu steigen. Besser, er wäre mit den Fischern gegangen. Stumm hätte er sie begleitet, das Wasser in den Lymphen der grünen fleischigen Blätter vernommen, in den großen weißen und violetten Blumen, die wie Wasserschmetterlinge anmuteten. So wäre er dahingetrieben und hätte an den kleinen Flur gedacht. Er scheuchte eine Fliege fort. Kein Zukkerrohr. Aber er dachte... süßer Gedanke, der die Schädel- und Backenknochen verzuckert. Die Fliegen wissen seinen Sirup zu schätzen, der so ungreifbar und doch gegenwärtig ist. Mit langsamen Bewegungen verscheuchte er die Fliegen.

Warum war es nicht möglich, gleichzeitig bei den Fischern auf dem Bettlertümpel zu sein und in dem kleinen Flur das Begräbnis des Skorpions zu erleben, den die Ameisen soeben wieder aufgehoben hatten?

Nur der Gedanke konnte einen solchen Zwiespalt lösen. Nun war er hier, doch konnte er sich vorstellen, dort drüben am Ufer des windgepeitschten Wassers zu sein, Wasser, das nach Metall roch und nach bebauter Erde schmeckte. Und während er die Pfosten berührte, sah er, wie sich die Heide in Wasser verwandelte, das schläfrig zwischen den Bananenpflanzen mit den spitzen Blättern, mit den großen Schlagmessern, stand und zwischen riesigen Malven und dornigen Nopalbäumen.

Und wenn er dort bei den Fischern gewesen wäre, so hätte er sich doch in seinem kleinen Flur befunden, denn er hätte an die Wand, an die Pfeiler, die Decke, die Münzen, das Sattelzeug gedacht.

Keine Schmetterlinge, kein Begräbnis. Hier und da eine verirrte Ameise. Nur noch er selbst. Doch um in seinem kleinen Flur zu sein, mußte er an vielen anderen Orten fehlen. Er strich mit den Händen über seine Kleider. Ja, er war es. Hier anwesend, aber fern von so vielen anderen Orten. Freilich: In Gedanken konnte er hier und dort zugleich sein, konnte er weilen, wo immer er wollte. Und er verließ seinen kleinen Flur mit langsamen Schritten, um sein Stückchen Behausung glauben zu machen, er bliebe darin.

4

Alte Aschenaugen, Asche, keine schwarze Schlacke. Auf einen Knotenstock gestützt ging jemand durch die Hühnerställe, ein schwankender Körper auf staksigen Beinen, beinahe ein Rauch, und seine Ohren hingen dicht über den Schultern. Wie alt war dieser Mann! Die Worte vergingen ihm, wenn er seine Geschichten von Ertrunkenen murmelte.

»Wenn sie den *Bettlertümpel* trockenlegen, werden sie da unten einen Friedhof finden«, sagte er, »einen Kirchhof ohne Kreuze. Sauber gewaschene und polierte Skelette mit grünem Haar und Augen ohne Augen ... Dorthin hat man sie geworfen ... Gefangene Piraten ...«

Er pflückte mit zitternder Hand ein Blatt, rollte es zwischen den Fingern wie einen Wurm und beschnüffelte es. Gelegentlich wies er mit dem Stock in die Höhe, auf eine Frucht, einen Baum oder eine Wolke am Himmel.

Uralt war dieser Mann. Er war schon kaum mehr da. Er war einmal. Im Leben kommt einmal der Moment, in dem man anfängt, von sich selbst in der Vergangenheit zu sprechen. Name, Alter, alles das entschwindet.

Und er stand und sah wie die Gestalt daherkam, auf den Stock gestützt, ganz tatterig. Der alte Mann kam näher und blieb stehen. Und verweilte. Die Falten seines Mundes glätteten sich, sie gaben einen Einschnitt ohne Zähne frei:

»Wie heißt du?« fragte er.
Wenn alte Leute ein Kind sehen, fragen sie, kaum daß sie sich ihm zugewandt haben, wie es heißt. Armselige Orientierung. Sohn. Oder Enkel. Ja Enkel.
Er hatte seinen Vor- und Nachnamen auf der Zunge. Er erwiderte mit beiden und ließ ein höfliches »Ihnen zu dienen« folgen.
Der Alte zerrte mit den knochigen, knorpeligen Zangen seiner Finger ein Tuch aus der Jackentasche. Ein Kügelchen aus weißem Honig klebte daran. Langsam löste er es ab und nahm es an die Lippen. Und er schaute und schaute auf alle die Dinge, die Hand auf dem Stock, den Kopf tief zwischen den Schultern, klein und knochig, ohne festen Halt.
»Wolltest du Kügelchen?«
»Du« hatte er gesagt. Im Umkreis von zwanzig Meilen gab es niemanden, der »du« sagte. Der *Bettlertümpel* – Kirchhof ohne Kreuze; der kleine Flur – Teil des versunkenen Hauses; und die Münzen, die Piraten . . .
Er unterdrückte seine Gedanken angesichts des Alten und nahm, ihn mehr berührend als wirklich stützend, beim Arm. Vielleicht daß ihn der Kontakt das Geheimnis ein wenig ahnen ließ, das seine Kinderwelt umschloß. Und doch, was konnte der gebrechliche Arm seinen Fingern übermitteln? Der Alte steckte das welk parfümierte Taschentuch wieder ein und setzte sich am Schluß seines Spaziergangs irgendwo auf einen Stein oder auf einen Baumstamm. Am hellichten Morgen schlief er unter seinem unförmigen Filzhut ein, unter den langen weißen Haarsträhnen seines Hinterkopfs, und er sog an seinen Wangen, als ob er im Traum das

längst verzehrte Kügelchen lutschte, den Stock zwischen den angewinkelten Beinen, die Hand weit unten am Ende des Armes herunterschlaffend, Fuß neben Fuß.
Nach einem großen Umweg durch das Gelände wieder auftauchend erspähte er den kleinen Flur bereits von weitem, als ginge es darum, einen Feind zu überraschen. Diesmal warf er sich mit dem Gesicht auf den Boden. Nicht *ein* Feind, sondern mehrere, und zwar Banditen. Langsam kroch er weiter vor. Ellbogen, Knie, Brust... Heide im Kriegszustand. Zum Angriff! Uns gehört der Flur mit all seinen Banditen! Und er entwaffnete sie mit großer Kühnheit. Und sie flohen. Einige leisteten Widerstand. Pim! Pam! Pum!... Erledigt. Ein Pferd. Der Schatten eines Geisterpferdes in den Zweigen. Einmal um die Erde müßte man sie jagen und wieder an derselben Stelle ankommen, hier in dem mißtrauischen, schimmligen, theatralischen Flur.
Warum war der Alte eingeschlafen, anstatt weiter zu erzählen? (»Wolltest du Kügelchen?«) Seine matte Stimme hatte einen familiären, männlichen und zärtlichen Ton. Und die Fischer sprachen von verborgenen Quellen, die den *Bettlertümpel* speisten, und von einem unterirdischen Fluß, der zur Entwässerung diente, einer jener Flüsse, die bei Erdbeben entstehen wie schlammige Schlangen. Riesenschlangen, von denen die Mägde sprachen. Solch eine Riesenschlange mußte durch das Haus gekrochen sein – ade, ihr Leute, Tiere, Bäume, Wege...
Nur der kleine Flur war übriggeblieben. Zurückblickend versuchte er, am Horizont die genaue La-

ge des *Bettlertümpels* auszumachen. Beinahe ahnte er, was da geschehen war, oder er hatte es erfunden. Ein Stück verlorenen Flurs, wo keine anderen Flure waren, nutzlos. Dunkle Räume, von Kriechtieren bewohnt, von Spinnen, Skorpionen, von ein paar Fässern voller Münzen, die wie achteckige Trommeln aussahen. Die Lagune, die ein See gewesen sein sollte; der schläfrige Alte, der »du« sagte...

Seine plötzlich sehr nervösen und lebhaften Finger verkrampften sich, ohne etwas zu greifen, ohne sich zu verflechten. Seine Gedanken verließen ihn in diesem stickigen Moment kurz vor dem Sprung in das Mysterium, das die Beziehung zwischen diesen Dingen und einer Vergangenheit herstellte, die in der Gegend zwar noch lebendig war, die aber alle verschwiegen.

Er hob den Kopf. Geheimnisvolle Wirklichkeiten. Und er spürte die Vergangenheit im Unspürbaren, ahnte, daß sie gegenwärtig war, und konnte sie doch nicht fassen. Sie war wahrzunehmen in der Luft, die man atmete, im Wasser, das man trank, in den Wurzeln der Riesenbäume, in den Skeletts des versunkenen Friedhofes, in den Augen des Alten, der in seinen süßen Träumen vom Tode gezeichnet nickte.

Er fühlte wie die Wachteln. Streckenweise zitterte sein Körper unter der Unterkleidung. Wie kitzlige Flüsse fühlte es sich an, wie Nebenflüsse seiner Person. Verborgene Flüsse, die sein Geheimnis speisten, das große Mysterium.

Unbeweglich wie immer stand oder saß er, den Rücken an die Wand oder an einen der Pfeiler gelehnt in seinem kleinen Flur.

5

Eine Gruppe fahrenden Volks hielt Siesta in dem kleinen Flur. Ein weißes Mädchen mit langen Wimpern und Haaren, grünblond wie die Nance-Frucht, rief ihn zu sich, um seinen Hemdkragen zu ordnen. Sie rief ihn beim Namen, sie wußte, wie er hieß. Die häuslichen Pflichten der fliegenden Händler, die gelegentlich kommen und am nächsten Morgen verschwinden, richten sich ganz nach den Bedürfnissen des Augenblicks. Sie breiten die eine oder andere bunte Decke auf dem Boden aus, damit die ältesten ihren Körper lagern können. Andere sitzen halb emporgerichtet und reden, um eben etwas zu reden. Die Frauen machen sich von ihren Kindern unterstützt daran, Glut zu häufen und Kaffee und Tortillas zu wärmen.
Er ließ sich das Hemd ordnen. Und das Mädchen streichelte ihm über den Rücken, zog ihn zu sich heran und gab ihm einen Klaps auf die Stirne. Ein fröhliches Wohlbehagen durchwallte seinen Körper. Er senkte die Augen und dankte ihr mit einem etwas unartikulierten Gekicher. Und sie nahm ihn nach dem zärtlichen Klaps an der Hand und ging mit ihm fort. Weit weg von dem kleinen Flur tauchten beide wieder auf, nachdem sie Wege mehr vermutend als beschreitend über die Heide gewandert waren.
»Bring den kleinen Jungen zurück, Ildefonsa!«
Beide kehrten sofort um, als sie die Stimme eines mittelgroßen Mannes vernahmen, der in einem

weiten Lederhemd stak. Er trug einen breitkrempigen Sombrero, hatte am Handgelenk die Peitsche und im Mund eine brennende Zigarre.
Das Mädchen erstarrte. Ein Eimer Eis über ihre ganze Zärtlichkeit. Sie ließ seine Hand los und duckte sich zwischen Lachen und Weinen, ihre Wimpern senkten sich auf ihre weißen Wangen.
Zu dritt kehrten sie in den kleinen Flur zurück.
Nach der Siesta gingen alle fort. Ein paar halbverbrannte Holzscheite, kleine Rinnsale schaumigen Kaffeeseibers auf den Kacheln, Asche, die sie von den nadelharten Maistortillas gekratzt hatten und ein vager Duft nach Rinderschinken. Der kleine Flur lag da wie immer. Er schaute ihn an, aber er war der gleiche. Warum hatte er nicht gesagt, daß er der Dueño war? Er hätte es ihnen nachschreien sollen, jetzt, da sie sich durch den Hohlweg entfernten.
Ildefonsa, der Mann im Lederhemd, die mageren Köter und die übrigen Leute.
Nur die Hunde hatten bemerkt, daß ... ja, was hatten sie bemerkt? Sie rissen an den Leinen, die sie um den Hals gebunden trugen, mußten nachgezerrt, gezwungen werden, in den kleinen Flur hinaufzusteigen. Sie wollten nicht; klammerten sich mit den Krallen ihrer Vorderpfoten in den Boden; ihr Fell sträubte sich; und an die Pfosten des kleinen Flurs gebunden, hielten sie noch immer keine Ruhe.
Sie bemerkten alles, was in diesem Winkel geschah, den die Ziegel von der Wand herunter bis zur Heide überdeckten, der sich öffnete und einen Horizont mit krümeligen Wolken sehen ließ. Sie bellten nicht, doch fletschten sie bei jedem Angstschauer die Zähne.

Ja, hier war El Alhajado, ein Name, den die Fischer nur scheu aussprachen. El Alhajado.
Er wandte sich ab von dem fremden Wesen. Noch sah er die Hunde vor sich, wie sie an den Pfosten seines ohnehin schon baufälligen Besitzes rissen. Ein weißer, beißender Fleck hatte sein Fleisch durchdrungen, sanft wie ein Hauch. Duft der Nance. Den kleinen Flur hatte er verlassen. Jetzt gestikulieren, schreien, sich von der Verrückten lösen, die ihn an die Hand genommen hatte. Wie die Hunde hatte auch sie die Anwesenheit von El Alhajado bemerkt und ihn aus diesem Grunde weggeführt. Vielleicht konnte man in der Heide das Geheimnis entschlüsseln: Türen, durch die man nur einmal geht, vorausgesetzt, daß man nicht fliehen will, und Fenster, die nicht einmal die Selbstmörder berühren, die sich wie Engel auf die Straße stürzen. Scheinbar spielend war sie mit ihm fortgegangen. Sie entfloh sich selbst, um nicht in das Gesicht von El Alhajado blicken zu müssen.
Ildefonsa. Es war der Name einer Irren. Man nahm sie mit, führte sie über Wege und Stege, um sie vielleicht dadurch zu heilen. Familien, in denen es Irre gibt, sollten Nomaden werden. Und Schritt für Schritt durchquerte er den kleinen Flur. Alles war wie immer. Oberflächen, Linien, Entfernungen, Dinge, Welten, reinstes Licht, die niedrig schwirrenden Fliegen, der Hall seiner Schritte auf den Kacheln. Ildefonsa. Blindlings hätte er für die Verrückte alle seine Aschenmünzen hingegeben. Aber würden sie ihm das Mädchen auch verkaufen, würden sie sich von ihr für ein paar Geldstücke trennen? Brauchten sie sie doch als Kompaß, dort vorne bei den angeleinten Hunden, den Unterrock

über den Gürtel gewickelt, das gelbe Haar über die festen Schultern, und dann ihr Rücken, die weißen, weißen Füße.
Zuckerrohr. Der süße Saft, die ausgespuckten Speichelfladen, Blut. Vielleicht hatten die zersplitterten Flöten der violetten Elfenbeinschale sein Zahnfleisch verwundet. Über dem angenehmen Geschmack des Rohres vergingen ihm solche schwarzen Gedanken. Er zerriß die Schale mit dem Kiefer, senkte seine Fang- und Schneidezähne, seine Lippen, seine Nase, seine Wangen und den Bart in das Rohr, biß ein Stück ab und kaute. Er zermalmte es zwischen seinen wiederkäuenden Kiefern, auf der unbeirrten Suche nach dem letzten Tröpfchen Saft. Die letzten Tröpfchen waren kostbar, schmeckten am besten, weil sie sich versteckt, sich nicht sogleich ergeben hatten. Mit langsamen Gebärden scheuchte er die Fliegen aus seinem Gesicht, das bis zu den Ohren mit Sirup verschmiert war. Der Flur, die Wand und auf der anderen Seite... ja, jetzt war er in dem kleinen Flur, aß süßes Zuckerrohr und hatte keine Lust nachzudenken...

6

Ein aufgeplusterter Täuberich hackte nach den Tauben. Hellblaue Federn, rosiger Schnabel. Gelegentlich ein Liebesspiel. Die Tauben liefen kokett und unterwürfig umher, flatterten, gurrten. Von einer Viehtränke, auf der die Enten ihre Spuren hinterlassen hatten, ergoß sich ein Rinnsal über den Boden. Das Küchenvolk, das sich mit Fleisch und Fisch, Gemüse, Hühnern, Holz und Kohle für den Herd beschäftigte, brauchte einige Zeit, um über den weiten Hof zu gelangen. Die Kühe, die zum Haus gehörten, ganze Schweinehorden strömten dort in einen Raum zusammen, der, groß wie ein Markt, auf allen Seiten von Portalen eingesäumt war. Eine Plaza mit nur einem einzigen Zugang.

Gespornte Männer in kniehohen Reitstiefeln, in Halstüchern und buntscheckigen Sombreros mit breiter Krempe verschwanden durch ein Steinportal. An seiner Stirn das Bild des nackten Jesus, der auf einem Schemel saß, die Dornenkrone auf dem Haupt, den Rohrstock in den blutigen, zerquälten Händen. Morgens brannte eine Ölfunzel vor dem Bild. Auf diese Weise verehrte es eine der Mägde. Ein Tröpfchen Gold verbrannte Tag und Nacht vor dem verspotteten Herrn.

Wenn er doch in seinem kleinen Flur den schmalsten Spalt entdeckte, um in das Geheimnis eindringen zu können. Nur einen haardünnen Schlitz. Und er suchte an der Wand, den Pfeilern, auf dem Boden, an der Decke. Seine Blicke fielen durch die brüchige Wand auf einen Schrank, der den Familienschmuck der Alhajados enthielt. Kleine Waagen für den Goldstaub, silbernes Besteck, so schwer wie Barren, eine blutbefleckte Borte, beinahe wie Siegellack, Medaillen, ausgestopfte Eulen, große Nadeln, Schädel, Waffen. Und wenn sich der Schlitz in einem der Pfosten befände, so würden seine Blicke auf ein verstecktes Schlüsselchen fallen. Mit plattgedrückter Nase klebte er an einem der Pfosten, um die Augen möglichst weit anzunähern, und er stellte sich vor, was alles dieser kleine Schlüssel ihm eröffnen könnte.

Ein Ausspruch der Fischer flog ihm in den Mund und er versuchte, ihn mit einer abwesenden Gebärde wie eine Fliege zu verscheuchen. »El Alhajados Weg führte über schwarzen Stein ... er war im Zeichen der Trauer geboren ... lebte in Trauer ... entschwand in Trauer ...« Keiner der Fischer wagte zu sagen, daß er gestorben wäre. Er war verschwunden. Und das machte ihnen Angst. Wer verschwunden ist, kann wiederkommen. Wer verschwindet, löscht sich aus dem Haus, den Dingen, aus dem Kreis der Angehörigen, der Freunde, aus den einsamen Spiegeln nur vorrübergehend aus. Man weiß von ihm, denn er kann wiederkehren, und diese Möglichkeit läßt ihn als abwesenden Körper unter den Dingen sein. Zugleich abwesend und gegenwärtig, anwesend und verschwunden, denn für die, die mit ihm lebten und geblieben sind, ist er kein Fremder. Seine Anwesenheit erscheint wie eine ausgeschnittene Hohlform unter den Zeitgenossen. Bei seiner Wiederkehr füllt sich die Form von neuem, füllt sich mit ihm, der aus sich selbst und seinen Erinnerungen besteht.

»Der Weg El Alhajados war aus schwarzem Stein ... er war im Zeichen der Trauer geboren ... lebte in Trauer ... entschwand in Trauer ...«

Ja, er war verschwunden ...

Wenn die Fischer dies bestätigten, gaben sie ihrer Stimme einen merkwürdigen Ton, wie wenn sie mit den Worten »er war verschwunden« mehr als nur ein spurloses Verschwinden zum Ausdruck bringen wollten, wenn sie sagen wollten, daß er ganz, mit allen und mit allem fortgegangen sei, mit seinen Freunden, mit seinen Frauen, seinen Dienern, seinem Hausrat, seinen schwarzen Pferden, seinen Schätzen.

War er gestorben? Und sie – waren sie gestorben ...? Wer das wüßte ... War er weggegangen? Waren sie gegangen, alle auf einmal und hatten alles mitgenommen, um in ihrer Abwesenheit nicht dableiben zu müssen?

Wer geht oder stirbt und jemanden hinterläßt, der sich an ihn erinnert, der auch weiterhin fühlt, daß er mit ihm lebt, ist noch nicht völlig weggegangen, nicht endgültig tot; er wird noch weitergehen und weitersterben mit all seinen Verwandten, Freunden und Bekannten, wieder weitergehen und sterben, sterben, bis alle fort und ganz verschwunden sind.

Ebendies war mit El Alhajado geschehen. Wenn die Fischer sagten, er sei verschwunden, so fehlte nur, daß er ihren Gedanken entfallen war, um völlig verschwunden zu sein. Er hatte den Schächer zur Linken des Herrn verehrt. Auf seinem privaten Golgatha hatte er an Jesu Stelle die Gestalt des Gestas gesetzt, ihm zur Rechten den Dimas und ihm zur Linken Jesus. Einmal, vor langer Zeit, hatte man in dem kleinen Flur verschiedene vergilbte Papiere gefunden, die Gebete zu Ehren des Schächers am Kreuz enthielten.

Hier wo er gerade war: In seinem kleinen Flur. Gläserne Spinnweben im Schmuck der ersten Regen und wetterleuchtenden Blitze. Vor lichten Flekken konnte man die Spinnenfäden nicht erkennen, bis die Tröpfchen der Winterregen sie unter ihrem leichten Gewicht durchhängen ließen. Das plötzliche diamantene Aufblitzen an unauffälligen Stellen, das man erst wahrnahm, wenn die Sonne schien, bestärkte seine Hoffnung, einen Spalt zu finden, durch den er in das Innere dringen konnte, auch wenn es jetzt nur eine undurchdringliche Fläche gab, die Tünche einer alten Wand, das Holz eines von Käfern zerfressenen Pfostens.

El Alhajado war ins Innere der Dinge entschwunden, um weiterhin gegenwärtig zu sein in der großen Freiheit der dunklen Materie. Hier lebte er mit ihnen, kniete vor dem Schächer und enthauptete Piraten. Es war sehr nötig, einen Spalt im Pfosten zu entdecken, durch den man seine Existenz wahrnehmen konnte zwischen blinden Würmern aller Art, die allenthalben Gänge in das Holz gruben – oder in den Steinen der Wand, die das Wasser im Winter tropfenweise durchdrang, oder in der Asche der Münzenfässer, oder in den Räumen des Wohnhauses, dessen Dach beschädigt war, oder unter der Erde, zwischen leeren Gräbern, oder im *Bettlertümpel* ...

Ein Spalt ...! ein Spalt ...!

7

Regengüsse wirken überraschend, auch wenn man schon lange damit rechnet, daß das Wasser aus dem kohlschwarzen Himmel fällt. Neben verlassenen Wohnungen Bäume und Tiere. Der kleine Flur wehrte sich gegen den Regen mit einem Dach, dessen Ziegel unter dem Schauer wie Federn begossener Hühner aussahen. Dort suchte er Zuflucht, lächelnd und besiegt; anfangs hatte er den Regen standhaft ausgehalten, aber dann war er davongelaufen. Hochgestülpter Jackenkragen, Hut bis zu den Ohren, Hände in den Hosentaschen, Schuhe wie gefrorene Fleischbällchen.

Und dann der Schiffbruch des Kapitäns Supp. Die Bäume erschienen wie Flecken, wie grüne, gefangene Luftballons. In der durchstrahlten Dunkelheit des Regenschauers schwammen vereinzelte Wolkenballons und bildeten ebenfalls Flecken. Sie schwangen zwischen den Nervensträngen des Himmels, der im Gewitter aufleuchtete, wie sein Gesicht, das die Nervenfädchen gleichermaßen aufleuchten ließen, etwa wenn er Zahnschmerz hatte, Nervenfädchen zwischen Knochenfleisch und einem schmerzenden Auge, das geschwollen blinzelt.

Er stand mit dem Rücken an die harte kalte Wand gelehnt. Sich mit dem Leblosen vereinigen, und keinen Zahnschmerz mehr zu spüren... Aus der Schräge traf ihn der Regen. Der Flur, den die drei Pfosten kaum mehr stützten, drohte, sich wie ein

Regenschirm zu schließen, während, eingemauert in die Wand, der mürrische, ängstliche Kapitän Supp mit Froschhänden an seinem Backenzahn arbeitete, der ihm bei jeder elektrischen Entladung wehtat. Jetzt vermißte er das große Haus, in dem eine gespenstische Dienerschaft bezopfter Indios die Fenster geschlossen hatte, um die Gardinen, die Teppiche, die Möbel zu retten, und nach ihm suchte.

Beim Betrachten des Regens fielen ihm die Augen zu. Ausgelöscht der Schmerz der unteren Wange. Ohne eigentlich zu schlafen, fühlte er jedoch, wie seine Augen schläfrig waren vom Anblick des Regens. Er zog die eisigen Hände aus den Taschen und rieb sein Gesicht, um sich wachzumachen, achtete jedoch darauf, die Stelle zu schonen, an der auch sein Zahn eingeschlafen war.

Sein Aufenthalt war beendet. Er sprang von Bord des Schiffes, um eine Pfütze zu umgehen, und gelangte über gewaschene Pflastersteine und verschlammte Wege neben umgestürzten Zäunen an hirtenlosen Schafen, an verlassenen Ochsen und verregneten Maultieren vorüber zu dem Alten mit dem Stock, der mit offenen Augen dasaß und schlief. Er sah ihn genau an, ergriff ihn mit den Armen, hob ihn vom Boden, lud ihn auf seinen Rücken, schleppte ihn davon. Er war nicht schwer. Haut und Knochen, Kleider und Haar. Wohin mit ihm? Zum kleinen Flur, der ihm gehörte, der die Überlebenden eines Schiffbruchs bergen konnte. Und er grub die Füße in den Schlamm, um nicht zu fallen mit dem Alten, schon wieder im Gewebe des Regens, der seine Fäden verstärkte, ihn festhielt. Der Wind bewegte die gläsernen Schnüre und bahnte ihm einen Weg. Und er erreichte den Flur. Der Alte wachte nicht auf. Seine Augen blieben offen, starr. Oder träumte er? Im Gänsemarsch könnten die Indios jetzt das Haus verlassen haben, um ihn zu suchen. Einzeln, wie weiße Ratten würden sie überall hingehen, barfuß, seufzend, die Hosen hochgekrempelt, die Hemden naß, auf die Skeletts geklebt. Und wenn sie ihn nach dem Ende des Regens bis zur Dunkelheit nicht gefunden hätten, würden sie mit irrlichternden Fackeln wiederkommen und ihn suchen, bis sie ihn gefunden hätten.

»Verfluchter Alter ...!« Hinter den Fenstern, vor dem Gewitter geschützt, spotteten die dicken Mägde über ihn. »Zu wissen, wozu er noch lebt ...! Zu nichts ...! Stirbt nicht, ist keine Seele auf dem Friedhof, lebt nicht mehr genug, um für sich selbst zu sorgen!«

Und die Scheiben wurden blind im Atem der alten Weiber, die fortfuhren: »Und dann ist er der erste, der als Toter einen Platz im herrschaftlichen Grab einnehmen wird. Der Amtsrichter hatte recht, als er ihn aufrütteln und wieder zu sich bringen wollte, damals, als die Indios, alt und runzlig wie die Kröten, ihr Land einforderten. Aktenpapier, Lacksiegel, die den Viehstempeln glichen, und der Weg zu den Schätzen ...«

Sie konnten ihn nicht finden. Der Regen und die dunkle Nacht ließen das nasse Ocote-Holz ihrer Fackeln erlöschen. Sie fanden den Stock und Schleifspuren auf dem Boden. Vielleicht hatten ihn die Trolle mitgenommen, oder auch der Strom hatte ihn mitgerissen, krebsrot wie er war, mit seinem Ziegenbart.

Die Mägde bekreuzten sich. Aus diesem Haus verschwanden sie nach und nach alle...
Dort hat er den gedeckten Tisch im Stich gelassen...! Dort hat er das Bett, das schon zum Schlafen vorbereitet war, im Stich gelassen! Und vor allem den Salon voller Gäste...
Offene Türen, falls sie wiederkämen; Futter in den Pferdeställen für den Fall, daß sie beritten kämen; Tisch und Teller voller Obst und Kuchen, falls sie hungrig wären; in den Gläsern Wein für die, die durstig wären – unwirklicher Durst, Durst in der Kehle –; und die Betten vorbereitet, warm und mollig, mit blitzsauberem Linnen überzogen für den Fall, daß sie müde wären, müde vom langen Fortbleiben.
Alles schlief. Weit drüben am Nachthimmel begann der Mond aufzugehen zwischen Bergen von Wolken. Vielleicht kamen sie aus einem Traum zurück. Die gespenstische Dienerschaft der bezopften Indios und fleischigen Mägde vernahm Schritte im Vorsaal... Hallende Schritte... aber man weiß, die Schritte der Toten hallen nicht wider... Wer könnte es sein...? Wer könnte um diese Zeit hierher zurückkehren, wohin noch nie, nie jemand je zurückgekehrt ist...?

8

Er verließ den kleinen Flur und kehrte in das große Haus zurück mit einer Last, die wie eine regendurchnäßte Spinne wog und die er mit den Armen an seine pochende Brust gepreßt hielt. Als er das immer offene nackte Steinportal durchquerte, schreckte der Alte zusammen wie ein lebendes Wesen, dann wurde er starr. Wenig nützten ihm die Tücher, die ein Knecht mit Blumensud getränkt und über seine Stirne, seine beiden Schläfen gelegt hatte, wenig auch, daß man seine Hände massierte, seine Finger, steif wie Stangen, an denen die zehn schmutzigen Schildpattfähnchen seiner Fingernägel flatterten. Eilig schloß ein anderer Knecht die Fenster. Es war seine einzige Pflicht, seine einzige Beschäftigung. Fenster öffnen und schließen. Eines nach dem andern, sehr langsam mit großer Gebärde. Ehrerbietig löste er die Ladenklappen, die aus seltenem Holz bestanden, und legte sie über die Scheiben. Der Dueño des kleinen Flurs schüttelte die Hände, wie wenn er feuchte Erde getragen hätte und entfernte sich.

War er in dem kleinen Flur gestorben? War er schon gestorben als er ihn holte? War er ertrunken? Erfroren? An Altersschwäche gestorben...?

Er verweilte eine lange Zeit auf seinem Bett und zögerte, sich zu bekreuzen. Vielleicht hätten sie den Alten retten können, dachte er, wenn er ihn anstatt in seinen Flur zu schaffen, als er den Kapitän Supp und die Schiffbrüchigen spielte, gleich

ins Haus gebracht hätte, wo die bezopften und zahnlosen Diener ihn mit zahllosen Infusionen, mit Flaschen warmen Wassers, Reibungen metallverbrannter rauchiger Lappen und gemurmelten Gebeten dem Tod entrissen hätten.
Geängstigt durch das Schweigen um ihn her stand er auf und suchte leise, barfuß das Gemach, in das sie seinen alten Großvater gebettet hatten. Draußen weinte der Regen weiter. Noch viel später, als es bereits aufklarte und der Mond hervorkam, hörte man den Regen traurig durch die Röhren und Kanäle fließen, die das Wasser von den Dächern schluckten.
Niemand. Das Bett, auf den man den Großvater gelegt hatte, war leer. Die Fenster offen. Die Lichter in den Kandelabern mehr Rauch als Flamme. Wenn er die Augen geschlossen hielt, fühlte er, daß er dort lag. Aber wenn er sie öffnete, sah er ihn nicht. Er durchwühlte das Bett. Laken und Decken, Kissen und kleine Polster fielen auf den Boden. Er suchte darunter, aber nichts und niemand. Wenn er die Augen geschlossen hielt, fühlte er ihn in seiner Nähe. Wenn er sie öffnete, sah er ihn nicht.
Es dämmerte. Noch nie hatte er sich so rasch angekleidet. Er trat auf das dunkle gespenstische Nachtgewand. Hemd, Unterhosen, Hosen, Strümpfe, Schuhe. Fertig. Im Eßzimmer, auf dem Tisch, neben seinem Teller das massive Silberbesteck und seine goldgeränderte Porzellantasse. Jetzt, da der Alte fehlte, bemerkte er, daß er immer mit ihm gefrühstückt hatte. Solange der Großvater ihm gegenüber gesessen hatte, hatte er ihn nicht wahrgenommen; jetzt, in der Erinnerung erst, erblickte

er ihn mit geschlossenen Augen. Er nahm die Serviette und entfaltete sie. Seine Diener wurden tätig. Als die Magd eintrat, die in zwei Silberkannen Milch und Kaffee brachte, fragte er sie nach dem Alten, der jeden Tag mit ihm beim Frühstück gesessen hatte. Bereitwillig schwatzte die Magd:

»Sie fragen nach dem Herrn ...? Der ist verschwunden ...! Hier, in diesem Haus verschwinden alle!«

Und er schob den Milchkaffee beiseite ohne ihn versucht zu haben. Nur der warme aromatische Dampf war ihm ins Gesicht gestiegen. Das genügte. Er ließ die Serviette achtlos auf den Boden fallen und lief polternd die Treppe hinunter, um die Fischer zu suchen.

Als er sie fragte, antworteten ihm alle mit einem vagen, wässerigen Blick.

»Aber überrascht es euch nicht«, sagte er, »daß dieser Mann verschwunden ist? Was heißt das: ›er verschwand und ist verschwunden ...!‹«

Ein krummer Fischer machte Köder für die Angelhaken ... Die Fliegen, angelockt von dem Gestank der Innereien, die er in kleine Stücke schnitt, ließen ihn nicht in Ruhe. Einige, eiskalt, stürzten plötzlich herab, klebten an dem Blut, den Lungen, dem Gedärm, und konnten nicht mehr fort.

Surilo hieß er, und so nannte man ihn auch. Surilo. Manchmal aß er von den Kutteln, denen der Gestank des Todes anhaftete. Surilo lachte, sah ihn an und lachte. Was konnte er diese harmlose Seele fragen, was die anderen oder irgendwen? Er verschwand und ... war verschwunden ...

Ein paar Leute aus der Gegend kamen Fisch bestellen. Sie bezahlten die Fische im voraus, und zwar mit Münzen, die den seinen, seinen Münzen in den Aschefässern sehr ähnelten.

Auf der Seite, wo es keine Nebengebäude gab, lag das Haus zum offenen Feld, einer weiten Ebene. Mehrere Männer waren dort im Begriff, ein Zelt zu errichten. Und da sie in dem unbewohnten Haus niemanden gefunden hatten, an den sie sich hätten wenden können, besaßen sie keine Erlaubnis vom Besitzer des Geländes. Das Gesinde hatte ihnen mitgeteilt, die Herrschaft wäre fortgeritten, käme aber wieder.

Während die Fischer den Hohlweg zum *»Bettlertümpel«* hinuntergingen, breiteten die Leute von der Zeltgruppe – Männer mit Pockennarben und Bärten, mit Schneuzern und schwarzen, gagatfarbenen Brauen, Señoritas mit Absätzen von der Erde bis zum Himmel und Señoras mit Zierkämmen voller Gestein – das Zelttuch über die Grasnarbe aus wie das Fell eines großen weißen Tieres; das Werkzeug lag bereit, um Löcher für die Hauptmaste zu bohren, für die Seitenpfosten der Umrundung und die Stützen für die Zuschauerränge.

Ein Diener, nämlich der, der ihm den Alten gestern abend abgenommen hatte, kam, um ihn zu holen. Er erschien zwischen den Raubtierkäfigen, die man gerade von tiefliegenden Karren mit großen Rädern ablud. Dort stank es nach Harn.

Der Zirkus war die Neuigkeit des Tages. Die großen Kleiderkästen. Die obligate Freundschaft zwischen Zirkusleuten und Dorfbewohnern. Singen und Späße. Die hohen Masten standen in den tiefen Löchern aufgerichtet, Steine von weit hergeholt, um sie zu befestigen, denn auf den nahen

Feldern gab es keine Steine. Zur Schwemme mit den kleinen, mähnigen, dressierten, klugen Pferden in den *Bettlertümpel.* Und ein Tiger, stundenlang in Bewegung.

»Don, Doncito, es möchte jemand mit Ihnen sprechen...« Einer der Diener trug ihm die Nachricht zu. Das erste, woran er dachte, war der Tote oder der Entschwundene, doch er lief nicht davon, denn in diesem Augenblick wies ihn der bartlose Bezopfte an einen schnauzbärtigen Mann mit zusammengewachsenen Augenbrauen, mit Haarbüscheln in den Ohren, vielen Ringen an den Fingern, einer goldenen Kette auf der getigerten Weste und einer Tonpfeife in der Hand.

Es überraschte ihn, daß der Zirkusdirektor ihn sprechen wollte.

»Gehen wir zu Ihnen...« sagte der Schnauzbart zwischen seinen Koteletten und ließ die Zirkusleute ihre Arbeit tun. Sie waren damit beschäftigt, das Zelt im Hintergrund zu errichten, das sich bereits wie ein Luftballon bis zu den Lanzenspitzen erhob, die den ersten Kreis, den niedrigsten bildeten. Anschließend würden sie die Zelthaut über Blockrollen, Ringe und Seile zu den höchsten Masten emporziehen, an denen die Trapezkünstler sich in Engel verwandeln.

Im Hause angekommen wartete der Zirkusdirektor, bis der kleine Dueño in einem hochlehnigen Sessel mit langen, von seidenen Kissen bedeckten Armlehnen Platz genommen hatte. Der Diener, der ihn gebracht hatte, ließ ihn seine Füße auf einen Samtschemel mit goldenen Bommeln an den vier Ecken stellen.

»Man hat mir angedeutet«, sagte der Mann mit

der brennenden Pfeife in der ringbedeckten Hand, »daß Euer Gnaden seit gestern abend Dueño dieses Ganzen sind, weil der Großvater fortgegangen ist, und als Dueño und als Alhajadito, als ›Kleinen Geschmückten‹, bitte ich Sie um die Erlaubnis, den Zirkus aufbauen zu dürfen.«

9

Der kleine Alhajado hörte sich zum erstenmal ›Alhajadito‹ nennen, während ihn der unangenehm durchdringende Geruch nach Schuppen und Kosmetik umwehte, der dem Zirkusdirektor anhaftete. Er erteilte ihm die Erlaubnis, das Zelt zu errichten, und ging durch die Gänge bis zum Hausaltar des Schächers am Kreuz, wo er verweilte, wie um die Betschemel zu zählen, die Fenster und Silberlampen, die hier in schneeig-schweigendem weißen Licht brannten, bis er sich umwandte und Stufe für Stufe zum Hof hinabstieg.
»Alhajadito ...! Alhajadito ...!«
So nannten sie ihn, als er vorüberging. Wer? Das wußte er nicht. Irgend jemand, der sich in den Dingen verborgen hielt.
Er entzog sich den Zirkusleuten, die die Zelthaut eben bis zur höchsten Spitze hievten – anzusehen wie Ameisen auf einer großen Fläche – und begab sich eilig in den kleinen Flur. Hier im Schutz des Wetterdachs, der Wand, der Pfosten und der Heide fühlte er sich geborgen – und nur scheinbar allein, da er ja wußte, daß sein Flur in Wahrheit von zahlreichen Rattenfamilien, von Schaben und Skorpionen bevölkert war ...
Die Erinnerung an den Schiffbruch lenkte ihn ab: Am Orte des Geschehens konnte er im Geist alle Begebenheiten rekonstruieren, bis er den leichten Alten wiederum zu spüren meinte. War er unter dem Regenschauer gestorben? War er in dem

kleinen Flur gestorben, nachdem er ihn gerettet hatte? War er in seinem Bett gestorben? Nein, nein, nein. Er war verschwunden. Er wischte sich einen dunklen Schatten von der Stirn. Sein Herz trieb ihn mit kleinen Stößen aus dem Flur ins Wetter hinaus, wo er sich ›El Alhajadito‹ nennen hörte, wie wenn man ein kleines Gespenst riefe, einen in Zukunft schon Verschwundenen, weil alle Alhajados, alle sogenannten ›Wohlgeschmückten‹, und zwar alle, ebenso verschwunden waren wie der Großvater.

Allenthalben in der Nähe hörte man eine Fülle von gutturalen Stimmen, Stimmen einstweiliger Befehlshaber, das Brüllen gefangener Tiere, Frauenlachen, Liederträllern und die Musik probender Kapellen...

Nur der kleine Flur erlaubte ihm, eine Gegenwart aufrechtzuerhalten, die all dem sonderbaren Lärm vorausgegangen war. Lärm, in den sich das Kommen und Gehen der Leute aus der Umgebung mischte, die neugierig an den Einrichtungen des Zirkus schnüffelten und fragten, wann die erste Vorstellung stattfände.

Der erste Akt seiner Herrschaft als Alhajadito war vollzogen. Es schmeichelte seinem Stolz, daß er die Erlaubnis gegeben hatte, den Zirkus hinter dem Haus aufzubauen. An der Brust bewahrte er einen alten Schmuck, der im Schatten leuchtete, im Licht dunkel wurde. Tagsüber ein Gagat, nachts Diamant. Der Schmuck der Wohlgeschmückten. Der Familienschmuck der Alhajados. Mit der Hand, die ein Handschuh aus Wildleder bedeckte, strich er über seinen schwarzen Anzug, dessen einzige Zierde die schwarzen Knöpfe waren. Und er be-

sah seine schwarzen Schuhe und erinnerte sich, daß der Diener ihm, bevor er das Haus verlassen, einen schwarzen Hut gegeben hatte.
Da er niemanden hatte, dem er seine Gedanken hätte anvertrauen können, sprach er zu sich selbst, im Selbstgespräch wie zu einem anderen redend ...
Nein, zu Hause gibt es keinen Toten. Von keinem meiner Angehörigen wüßte ich, daß er gestorben wäre. Letzte Krankheit, Wunden, tödliche Unfälle, lange Todeskämpfe, Testamente, Begräbnisse und Trauer – all das hatte man zu Hause nie gekannt. Sie sind sämtlich verschwunden. Meine Vorfahren sind verschwunden und es konnte niemand sagen, wann sie gehen würden oder ob sie das Haus endgültig verlassen würden. Kein Anzeichen, keine Vorbereitungen. Das Pferd, die Waffen und der Weg ...
Und er fuhr fort zu reden wie die Fischer, wenn sie wenig gefischt hatten.
Wenn der Bettlertümpel einmal ohne Wasser wäre, würde man in eine ungeheure Schlucht blikken und auf dem Boden einen Friedhof erkennen, einen Kirchhof ohne Kreuze ... abgewaschene Skelette, Arme, Beine, Hände, Füße in der Haltung von Schwimmern. Grünes Haar und Knochen, glitschig von den Algen ... Ja, und einmal lag im Netz eines der Fischer ein Skelett. Sie dachten, es wäre ein Fisch, als sie es einholten, denn zwischen seinen Knochen hatte sich Fleisch aus schuppigem Kleister angesammelt. Der es fischte, wurde starr vor Schreck. Er ließ das Netz, den Toten, alles fahren, fiel ins Boot zurück und die anderen nahmen die Ruder zur Hand und entfernten sich, ohne sich umzusehen.

Ellbogen auf dem Knie, das Kinn zu stützen, mit dem Kinn das Antlitz, mit dem Antlitz die Gedanken ...

... Wenn es nur die Sache mit den Verschollenen wäre, mit dem Friedhof auf dem Boden des Betttümpels, dem Wasser, das nach Mineralien und Ackersaat roch, dem Alten, der in seinen Armen gestorben und dann verschwunden war, den Dienern, die in weißen Hemden, weißen Hosen gingen und aus diesem Grund wie bartlose bezopfte Gespenster aussahen; wenn es nur das wäre, aber jetzt auch noch die Seiltänzer, die Clowns, die Zirkusleute, die, nachdem sie das Zelt aufgerichtet hatten, auf der Heide nach eßbaren Wurzeln suchten. (Er hätte nichts erlauben sollen.) Ja, es war wohl ein Genuß, die kleinen Knollen auf der Zunge zu spüren und zu schmecken, wie das Leben süß und langsam aus der Erde kommt und vegetabilisch wird. Manche schmecken auch nach Sand und Regen. Durch die Heide war er an der Hand von Ildefonsa gegangen, einer Wurzelhand mit Fingern, und sie hatten an vielen Bäumen Früchte betrachtet. Süßes Trillern! Aber nur die Süße, weil sich die Vögel beim Nahen der Verrückten ängstlich entfernten. Niemand konnte sich recht an sie erinnern. Die Ildefonsa, an die er sich erinnerte, war eine andere. Die wirkliche war fortgegangen. Ebenfalls entschwunden. Die, an die er sich erinnerte, war eine von den Toten in der Lagune, die nachts auftauchten und im Nance-Licht des Vollmonds badeten.

Jemand näherte sich dem kleinen Flur. Er versteckte sich. Das Herz klopfte ihm unter dem Hemd. Es war Surilo. Die Füße am Ende der kurzen Beinchen nach auswärts gebogen, die Arme sehr lang, den spitzen Kopf nach hinten gezogen, die Ohren wie Hörner, das Kinn wie zugespitzt. In der Hand trug er eine Agavenschleuder mit einem Stein. Er hielt eine Zeitlang still, um sich zu orientieren, um zu erkunden, wo die Leute waren, die man von so vielen Seiten hörte, und nach kurzem aufmerksamen Lauschen griff Surilo an. Er hob die Schleuder, schwang sie Runde um Runde über seinem Kopf und als sie die größte Kraft und ihre höchste Geschwindigkeit erreicht hatte, ließ er eine Seite los, um den Kiesel zu schleudern. Schuß um Schuß. Surilo trippelte und lachte und zeigte die Zähne über einem faltigen Kinn.

10

Die bartlosen bezopften Diener, in weiße Asche gekleidet, sahen gespenstisch aus; die Räume des Hauses waren Tag und Nacht erhellt, die Türen und Fenster weit geöffnet. Die Fischer, starr vom kalten metallischen Wasser, spannten die Netze im dunklen Patio aus wie Spinnen; sie hatten ihr Silber, die großen und kleinen Fische in Prähme, in ausgehöhlte Baumstämme geworfen. Und die Schatten der Rinderhirten, die von stämmigen Reittieren stiegen und sich vor dem Schächer bekreuzten. Und das Bellen der Hofhunde, die Zweiradkarren, die hüftlahm daherrollten, wie ausgelöscht nach dem Ausspannen der Ochsen. Die Karrenführer, den Ochsendorn geschultert, gingen pfeifend einher bis zur Tränke im Hof und ließen die angejochten Tiere trinken; auf und ab spielten die Joche zwischen den Ochsen, hinab, wo der eine das Maul in die kühle Flüssigkeit senkte, hinauf, wo das Begleittier den Kopf hob, um zu schlürfen und die warme Luft zu atmen.
El Alhajadito trat an eines der Fenster und führte die Hand an die kitzelnde Nase, wie wenn er eine Huldigung darbrächte, um das Niesen zu empfangen.
Der tiefe Raum, farbig wie Blumenkronen, Wattewolken, brandiges Parfüm des Röhrichts in den Zuckermühlen.
Und er ließ die schwarzen Augen schweifen, die zu den Gagatknöpfen gehören konnten, zwei be-

wegliche Knöpfe hinter blinzelnden Knopflöchern, und entdeckte endlich das Zirkuszelt, das aussah wie eine von innen beleuchtete Riesenschildkröte. Eine blaue Fahne hatte sich am Hauptmast entfaltet und farbige Wimpel, blau, rot, weiß, gelb, wehten an den Masten umher.
Es wimmelte von Leuten. Das Debüt, die erste Vorstellung. Zwei Lappenbälle, mit Benzin und Talg getränkt, damit sie ständig brannten, beleuchteten den Haupteingang. Köpfe verbrennender Christen. Ein Getöse von Trompeten, Pauken und Becken vervollständigte auf der Eingangsseite, wo sich das Publikum drängte, die flammende Einladung der Fackeln, die unentwegt Gold ausspien. Ein Clown sprach mit dem Billettverkäufer über Geld, ganz ernsthaft. Der Ernst eines Pierrot, der, was er nötig hätte, so nah und so fern von seiner Handschuhhand erblickt.
Einer der Lappenkugeln entflog ein großer Schmetterling aus Rauch, wie aus einem hängenden Nest von feurigen Raupen, die Flügel wie Korkenzieher verdreht; das war, als El Alhajadito erschien, von seinen Dienern in Hemden und Hosen aus Asche begleitet, die dem Flug des weißen Schmetterlings folgend gleich wieder verschwanden.
Der Zirkusdirektor begrüßte ihn, er zeigte die Goldzähne und klagte über Zahnschmerzen: Das Lampenfieber vor dem Debüt.
»Musik, Maestro . . .!«
Der Gedanke des Zirkusdirektors, der auf die Pfeife biß, um nicht vor Schmerz zu schreien – »Musik, Maestro!« – teilte sich den Musikern mit, die, einer nach dem anderen aus ihrem Traum er-

wachend, einen Pasodoble brachten. Der Pistonbläser führte ihn an. Seine Hände hielten ein riesiges Goldgebiß an den Mund, auf dem er die Finger wie Klauen bewegte. Es schien, als ob das Instrument ihm Schmerz verursachte, nur daß es keine Stiche waren, sondern wahre Güsse warmer Klänge, die die handlichen Schlüssel erschlossen.
Die Musiker, die die Vorstellung verschönern und die einzelnen Nummern mit Musik begleiten sollten, schritten im Takt des Pasodoble einer hinter dem anderen zur Tribüne neben der Arena und nahmen, pausbäckig blasend, ihre Plätze ein. Sie wurden vom Flackern der Lampenfackeln beschienen.
Vielleicht würde sich das Lampenfieber etwas legen, wenn der Direktor einen Schluck Alkohol nähme? Anfangs brennt er, dann aber schläfert er den Schmerz ein. Nur, um wenigstens während der Vorstellung nicht plötzlich aufzubrüllen.
Und man brachte ihm ein Glas Schnaps. Alkohol gab es nicht. Aber Schnaps ist dasselbe.
Seine Goldzähne klapperten metallisch am Rande des Glases. Und mit dem Spülschnaps im Mund, mit zitternden Lippen, mit einer geblähten Backe voller Flüssigkeit, die anfing, seinen Schmerz zu lindern, mit heißen Ohren, kleinen tränenden Augen, trat er zurück, um die schlurfenden Musiker vorüber zu lassen, die auf dem Weg in die Arena ihren Pasodoble spielten.
Er haßte sie, diese Genießer, diese Fresser und Faulenzer. Und dieser Haß verstärkte seinen Schmerz in diesem Augenblick so sehr, daß er die Wut nicht mehr verbergen konnte und nicht merkte, daß er gefährlich nahe neben einem der Feuer-

bälle stand ... Gefahr ... er hatte keine Zeit mehr, über etwas nachzudenken, das Gefahr gewesen war, und schon als ungeheurer Flammenguß aus seinem Munde strömte, sein Gesicht bedeckte.

Was war geschehen? Eine der Benzinfackeln hatte sich über ihm gelöst. Er versuchte auszuweichen, als er die Feuerkugel über sich bemerkte, aber es war schon spät – zu spät. Sein Mund brannte, als ob sein goldenes Gebiß sich in ein großes Flackerfeuer verwandelt hätte. Er lief ins Innere des Zirkus, durch die Arena, durch den Beifall, den die Zuschauer ihm zollten, weil sie glaubten, dieses Kunststück würde das Programm eröffnen.

Er fingerte in den Flammen wie der Bläser an seinem Piston, wie der Engel an der Trompete des Jüngsten Tages. Zähneklappern, das die Toten beißen wird, damit sie aufwachen, sich ankleiden und schminken, sich fertigmachen und erscheinen. An diesem Tag im Tale Josaphat wird der Zirkusdirektor seine Lippen, sein Gesicht, seinen Schnauzbart, seine Augenbrauen wiedererlangen.

El Alhajadito stand auf und applaudierte. Alle applaudierten. Aber seine Hände hielten inne. Vor ihm war der Zirkusdirektor hingestürzt. Er hatte keinen Schnurrbart, keine Lippen, nackte Zähne, sein Schädel war in unentwegtes Lachen ausgebrochen. Seine glühenden, geräucherten, geröteten Goldzähne schienen im Feuer zu lachen, während die Clowns auf ihn sprangen, um die Flammen zu löschen. Dieser Pantomime applaudierte das Publikum so stark, daß es sich kaum mehr überbieten konnte.

Eine Trapezkünstlerin, rosa Trikot, stieg in hilfloser Koketterie über der Manege empor, schwang sich von einem Trapez zum anderen durch den Raum und zum einen und wieder zum anderen, gleichsam die Seele des unglücklichen Verbrannten bildend, dessen Glieder herabfielen und sein lippenloses Goldlächeln nur noch nackter erscheinen ließen.

Bei der Rückkehr zum Erdboden nahm die Künstlerin ein Tüchlein aus ihrem Flimmergürtel und wischte sich den Todesschweiß aus Händen und Gesicht, das man beim dreifachen Salto mortale spürt wie das Summen einer tauben Biene.

Die Vorstellung wurde unterbrochen.

Das Gebrüll der Raubtiere, die von ihrem Dompteur wie elektrisiert in den Käfigen hin und her liefen, verstummte. Jenseits des Zeltes kämpfte der Zirkusdirektor mit dem Tode; keine Terrakottapfeife, kein Schnauzbart; ein zerrissenes Hemd, darunter, auf der rötlich schwarzen Haut der Brust, das Haar verbrannt, in Asche zerfallen.

Stehend, sitzend, unbeweglich oder ihre Haltung wechselnd verfolgten die Gaukler, einer zahlreichen Familie gleich – Leute, Affen, Hunde, Pferde, nur die Raubtiere und die Zigeuner waren ausgeschlossen – den langwierigen Todeskampf des unglücklichen Don Antelmo Tabarini beim Licht einer Petroleumlampe.

Die Musikanten schwiegen. Sie empfanden eine Art Schuld. Bei ihrem Einzug war das Unglück geschehen. Der stumpfnasige, blatternarbige Pistonbläser kratzte sich. Er hatte Flöhe. Fettgedruckte Noten, die er wie im Takte las. Zwischen den Kuppen des Daumens und des Zeigefingers zerdrückte er die, die das meiste Blut gesogen hatten; volle Noten, gefüllte Viertelnoten, Achtel- und

Sechzehntelnoten, Flohmusik nach einer Tonleiter ohne Notenlinien.
Zu denken, daß das Publikum applaudiert hatte, weil es meinte, die so angepriesene Nummer des Feuerschluckers zu sehen. Der seinerseits sah dem Todeskampf Don Antelmos unbeweglich zu und säuberte die Zähne mit einem Streichholz.
El Alhajadito war bis zum Schluß bei ihm. Don Antelmos Tochter bat um die Erlaubnis, ihrem Papa einen künstlichen Schnurrbart anzuheften, so würden sie ihn mit dem Schnurrbart begraben, den er sein Leben lang getragen hatte. Da die Lippen fehlten, klebte sie ihn fest auf die Goldzähne.
Die bartlosen bezopften weißen Diener drängten sich aneinander und machten sich Mut. Sie fürchteten sich vor ihren aschenen Kleidern, während sie barfuß das Familiengrab aushoben, wo, nach dem Willen von El Alhajadito, Don Antelmo Tabarini ruhen sollte. Er sollte das Privileg genießen, der erste Tote zu sein, den man dort begrub, denn keiner der Ahnen El Alhajaditos hatte sich begraben lassen, alle waren irgendwie verschwunden, hatten es vermieden, die Erde zu beschmutzen.

11

El Alhajadito ersetzte das Wissen um seine Ahnen, das ihm die Mägde seiner Meinung nach vorenthielten, durch eigene Vorstellungen. So wurden sie zu Gestalten, die von aller Gegenwart gereinigt waren, stets abwesend, immer unterwegs, immer entschwindend. Reisige Grazie, die der Nomade besessen, die der Siedler verloren hat. Einige hatten den Weg ohne Wiederkehr betreten, der parallel zum Tod verläuft, hatten beschlossen, mit der Familie zu brechen, vor der sich sonst nur diejenigen retten, die fliehen, sterben oder verrückt werden. Andere waren in Trauergewändern zurückgeblieben mit ihrem alltäglichen Kummer, der die Krümel auf dem Tisch in Sandkörner verwandelt, das Salz für das Essen in Tränen, die Liebe in Überdruß und den Schein der häuslichen Lampe in den Rand eines tiefen Brunnens. El Alhajadito sah sie mit der Verwandtschaft streiten, mit der Dienerschaft und mit den Möbeln, ihrem Schatten, der von Kopf bis Fuß in schwarzer Trauer ging wie sie. Auch fehlte jener eine nicht, der im Spiegel mit sich selber stritt, indem er hineinschlug, um sich selber zu vernichten, sein Bild auszulöschen. Auch er war verschwunden, hatte sich im Spiegel getötet und fühlte, daß sein Tod so wirklich war, daß er danach wie eine verdammte Seele durch das Haus irrte, ein Überlebender seines eigenen Bildes, ein Gespenst in verwunschenen Zimmern. Armer Bildermörder! Wegen seines schwarzgelben Anzugs und seines schütteren Haares, das wie eine Federperücke auf der Rundung seines kleinen Schädels klebte, hatte man ihn den Azacuán, den »Bunten Milan« genannt; oder weil er, wenn es Winter wurde, wie die Milane verzog, von einem Zimmer in ein anderes, mit Bett und Tisch und Stuhl und Büchern; es sah aus wie eine Flucht, die eins war mit der regungslosen Kaskade des zertrümmerten Spiegels, mit dem gläsernen Wasser, das die Diener zusammenfegten wie Hagelkörner eines ersten Frühlingsschauers.

Leichtfüßig wie die Zeit stieg der Azacuán am dreizehnten jeden Monats um Mitternacht von seinem Zimmer herunter, das er als vorläufiger Gast bewohnte, um über den schwarzen Kerzen vor dem Bild des Schächers gelbe Flämmchen zu entzünden; vor dem Bild eines Gekreuzigten, für den der Mensch in seinem Leichnam endet, der genau weiß, daß der Mensch in der Materie entsteht und darin endet, mag er noch so groß und mächtig sein.

»Bei deinem wirklichen Tod erbarme dich meiner Schwächen«, flehte El Azacuán auf den Knien vor dem schrecklichen Gekreuzigten, »ich kann mich nicht im Spiegel sehen, ohne zu glauben, daß es etwas hinter der Wirklichkeit gibt. Das ist die Sünde, die ich dir reuig beichte. Nicht einmal, sondern viele Male habe ich schwer gefrevelt; aber ich verspreche dir, mein Vater, daß ich keine anderen Wege mehr ausfindig machen will als die, die du mir damals in deinem Todeslachen verkündet hast, als jener Schwärmer dir das Paradies versprach.«

Und er bewegte seinen tatterigen Milankopf aus dem er einen übelriechenden Atem stieß, und wandte sich der Gestalt des Schächers zu, den er die Zahl dreizehn bilden sah: das Kreuz mit seinem kurzen vertikalen Arm die Eins, den Körper des Verdammten eine Drei.

»Den Luzifer verachte ich« fuhr er fort, »den törichten Engel, der zur Hölle fuhr, weil er Gott sein wollte. Dich bete ich an, weil du dir deines menschlichen Wesens bewußt geblieben, weil du das himmlische Asyl verschmäht hast. Ans Kreuz gebunden unter der Beschuldigung zu leben, wußtest du, wir sind nichts als Materie.«

Und mit gedämpfter Stimme, ausgesuchten Worten, die er zwischen seinen Lippen murmelte, sprach der Milan:

»Da hängst du angebunden, und in fürchterlichem Todesschmerz streckst du die Zunge heraus wie eine letzte Blasphemie, wie die Gebärde eines, der sich gegen das blinde Schicksal wehrt!«

Das Morgenlicht umgab den dürren Bildermörder wie durchglühtes dickes Glas, das man in feuchten Staub getreten hatte. Es dämmerte wie in einem ungeheuren Spiegel, dämmerte in der starren grenzenlosen Scheibe der quecksilbernen Welt; und er tastete ab, was an ihm wirklich war, gewillt, um keinen Preis aus dieser einzigen Wirklichkeit, der Wirklichkeit seines Leibes, in irgendein Paradies zu streben.

»Gestatte nicht, daß ich mich in die Welt der Phantasie verliere, wie in ein Bild! Mache mich hart, daß ich die Wirklichkeit, das Greifbare, das Stoffliche nicht verlasse. Weshalb erlaubst du, daß ich, anstatt deinem Beispiel nachzufolgen, mich in Einbildungen flüchte? Schächer, wie hast du durch dein Beispiel die Welt an dich gerissen, daß sie

nicht mehr denen gehört, die an sie glauben! Eindringling ins Reich der Spiegel, das du dir erobert hast!«
In Verzweiflung, zwischen Schuld und Reue hin- und hergerissen, gab der Milan seinem Pferd die Sporen und stürzte sich in den Bettlertümpel. Diesmal gab das Wasser kein Bild, keinen Körper wieder, es begrub ihn in seinem geheimnisvollen schläfrigen Spiegel.

12

Nach den Leichenfeiern für Don Antelmo Tabarini begann ein Krieg zwischen den Zirkusmitgliedern. Alle wollten Direktor werden. Gerüchte, Kränkungen, nächtliche Übergriffe. Endlich kam es zum offenen Kampf. Bei den üblichen häuslichen Auseinandersetzungen schützten sich die Kämpfer vor den Projektilen friedlicher Geräte, indem sie möglichst hinter Pfosten, Möbel oder Türen flüchteten oder sich in ein Zimmer einschlossen und den Feind draußen schreien und gestikulieren ließen.
Jetzt fand der Streit auf offenem Felde statt: Die Krieger in dem riesigen Zeltraum hatten keine andere Zuflucht vor den Gegenständen, mit denen sie sich bewarfen, als die Bodenbretter der Sitzgalerien, die Vorhänge des Künstlerausgangs und des Eingangs für das Publikum. Im übrigen waren sie tödlich preisgegeben und nur ihre Geschicklichkeit im Ausweichen verhinderte, daß es von Anfang bis zum Ende der Feldschlacht keine ernste Verwundung gab.
Aber nicht nur das Schlachtfeld unterschied sich von dem eines gewöhnlichen häuslichen Kriegs, sondern auch die Waffen.
Der Dompteur, der sich zum Nachfolger Don Antelmo Tabarinis proklamiert hatte, war außer sich. Sein Vorhaben war ihm nicht gelungen, und so drohte er, die Raubtiere loszulassen, wenn man ihm nicht gehorchte.

»Ich werde eine grausame Lektion erteilen!« schrie er mit Trompetenstimme. Einige der Wurfgeschosse, die ihm die Zirkusleute um den Kopf warfen, kamen mit solcher Gewalt daher, daß sie ihm beinahe den Schädel zerschmettert hätten, der stets voller afrikanischer Jagdabenteuer steckte. Aber es gelang ihm auszuweichen.
»Entweder oberster Chef hier oder die Bestien... Die Raubtiere und die Peitsche!«
Elektrisches Peitschenknallen, zick-zack, eine schwingende Hand im goldenen Aufschlag der Galauniform.
Halb nackt erschien die Tochter Don Antelmos; die Drohungen des Dompteurs hatte sie während des Umziehens vernommen. Nun scheinbar seine Partei ergreifend näherte sie sich ihm, streifte die Ärmel ihres Negligés nach oben, ließ sich umarmen, um ihm, als er bereits glaubte, Macht und Liebe seien ihm gleichzeitig zugefallen, seine Peitsche wegzunehmen, ihre Raubtierzähne in sein Ohr zu schlagen, das sie mit der Wurzel auszureißen drohte, wenn er nicht die Schlüssel für die Käfige auslieferte. Rot, ja violett vor Zorn, fast purpurfarben und das Haar wie eine bronzene Bürste, schrie der unglückselige Gladiator, der den Biß wirklicher Raubtiere sehr wohl kannte, auf, schrie auf vor Schmerz; mehr und mehr Knorpel faßte der verkrampfte Biß der hysterischen Tabarini, aber die Schlüssel, die fest an den Haken seiner Finger hingen, ließ er nicht los.
Es war der Clown Juan Zarco, der sie ihm im Nu entriß und davonlief, von einem langen aaldünnen Neger verfolgt, der, als er merkte, daß der Clown die Schlüssel hatte, seinerseits Anstalten

machte, sie ihm wieder wegzunehmen, um selber Zirkusdirektor zu werden. Fast hätte er das erreicht, wenn Juan Zarco ihm nicht ausgewichen und durch die Arena gelaufen wäre, um schließlich an einem Seil auf ein Trapez zu klettern; er wollte das Seil zu sich heraufziehen – aber schon zu spät: sein Verfolger, der Neger, kletterte daran empor.
Der Clown wartete nicht ab, bis er überwältigt würde, sondern warf die Schlüssel einem anderen Parteigänger zu. Einem Freund der Tabarini, der sich hinter den Stufen der Galerie befand und mit emphatischen Gebärden, Rufen, lauten Schreien nach ihnen verlangte.
Der Schlüsselbund durchquerte das Zelt klirrend wie ein Meteor, wie eine Triangel, die inmitten eines Orchesters trockener Schläge und Kupfernoten und zerspringender Gläser geschlagen wurde.
Zwei Parteien. Die Partei der Tabarini verteidigte die Schlüssel, um zu verhindern, daß der Dompteur die Käfige öffnete; denn angesichts dieser schrecklichen Gefahr hätte man ihn als Chef anerkennen müssen, und der Hunger der Raubtiere hätte ihn unterstützt.
Ahnten der Löwe und die unruhigen, wütenden Tiger, daß es um ihre Befreiung ging, um ein Festmahl mit christlichen Gladiatoren? Ahnung oder nicht – gebannt liefen sie hin und her, ihren samtenen Gang mit Schweifschlägen belebend, in den Augen eine kalte Trauer.
Der Dompteur, vom Kampf mit der verrenkten Schlangenfrau erschöpft, die, einer bewegten Zunge gleich, nirgend zu fassen war, drückte die blutleere Hand aufs Ohr, das ihm so steif und brennend vorkam, als ob nicht die Tochter, sondern

Don Antelmo Tabarini selber es mit seinem goldenen Glutgebiß gebissen hätte.
Die Schlüssel wanderten hin und her, bis jemand sie verzweifelt in das ungeheure Zeltgewölbe schleuderte. Und da, auf dem Höhepunkt der Bataille, erschien ein Affe im Zenit, dort, wo der Hauptmast alles hält.
Der Affe nahm den Schlüsselbund und die Kämpfenden erstarrten. Alle standen im Begriff zu fliehen. Sie fürchteten, daß das geschwänzte Tier wie eine fallende Frucht zu den Käfigen herunterspränge und sie öffnete. Aber unter Faxen und Grimassen schwenkte der Affe die Schlüssel über dem Kopf, vergnügte sich an dem metallischen Klirren und hielt Ausschau nach dem Neger.
Ein Pfiff. Der Affe schlich sich von der Höhe des Hauptmastes über die Trapeze hin zur Schulter seines schwarzpolierten Freundes, und die anderen standen starr vor Überraschung.
Eine kleine dunkle und behaarte Hand gab einer anderen größeren schwarzen unbehaarten Hand die Käfigschlüssel.
Ana Tabarini und der Clown beantragten einen Waffenstillstand.
»Waffenstill...! Waffenstill...! Waffenstill... auch mir!« schrie der Neger, der zur Dompteurpartei gehörte.
Alle atmeten auf, als sie vernahmen, daß der Neger dem Waffenstillstand zustimmte. Der Dompteur, der sich in den ramponierten Glanz seiner Galauniform rettete – der Biß hatte ihn taub gemacht – verlangte von dem Neger die Schlüssel. Der, immer mit dem Affen auf der Schulter, verweigerte die Übergabe.

»Waffenstill...! Waffenstill...! Schlüssel bei mir! Ich alles garantieren!«
Die Chinesen mit ihren Taschenspielertricks, die zur Tabarini hielten, griffen auf Befehl der Bartfrau an, indem sie ihren Widersachern Sägemehl und Sand in die Augen schleuderten.
Der Dompteur und seine Leute warfen sich mit dem Gesicht zu Boden. Den schwarzen Mooskopf des glücklichen Schlüsselbesitzers passierte eine weiße Kugel, die, nachdem sie den Clown gestreift hatte, an der Backe des Dompteurs landete, der gerade hoch blickte, um sich zu vergewissern, ob der Angriff der Chinesen, die wie El Alhajaditos Diener Zöpfe trugen, schon geendet hätte.
»Waffenstill... nein! Ich weitermachen und ich mach Käfige auf!« schrie der Neger mit dem Affen auf der Schulter.
Der Dompteur mit seinem zerbissenen Ohr, Sägemehl in den Augen, richtete sich auf, wild entschlossen, schnaubend und bebend vor Wut.
Der Neger erriet seine Absicht und bemächtigte sich der Peitsche, die auf der Erde lag.
Ein Pferdetrappeln lähmte alle. Reiter wie Kosaken auf Feuerpferden. Die Bahn leerte sich. Ein Schlag mit den eisernen Hufen der galoppierenden Tiere wäre furchtbar gewesen. Bei diesem Tempo nahezu tödlich.
Die Bartfrau, das Geschlechtszeichen im Gesicht, stürzte unter einem der Schläge bewußtlos zu Boden.
»Pispís...!« schrie der Dompteur den Neger an, vermied jedoch, ihm nahe zu kommen, da die Peitsche ihn hätte treffen können. »Pispís, du Gauner, du Verräter, du verdammter Schuft,

du gehörtest zu mir und hast mich übers Ohr gehauen!«
»Pispís nicht verraten Dompteur, sondern Dompteur schreien: Pispís guter Chef, ist Chef von allen, Zirkuschef, mein Chef! Pispís ist Chef und bleiben Chef!«
Die Anhänger Ana Tabarinis bestätigten Pispís als Zirkusdirektor. Der Clown Juan Zarco, die Chinesen und andere umringten ihn und sagten ihm ihre Unterstützung zu. Der Dompteur und die Kosaken, ein einziger keuchender Haufen, erlebten einen Alptraum. Die Tatzenschläge der Bestien. Ihr Brüllen wie ein ferner Sturm. El Alhajadito hatte sich in den obersten Teil des Hauses geflüchtet. Der Glanz der Nacht ging in seine Trauerkleidung ein.

13

Eine kleine Blutspur führte zu dem Flur. Surilo war verschwunden. Surilo, der verwachsene Fischer, der die Köder für die Haken vorbereitete. Zerschnittene Därme und kleine Stückchen Eingeweide, die er hin und wieder sabbernd und Fliegen ausniesend verschlang. Von allen Seiten wuchs ihm das Haar über den Kopf ins Gesicht. Er hatte beinahe kein Gesicht. Ein gesichtloser Mann. Nur Kopf. Nicht einmal einen Hals. Der behaarte Schädel saß unmittelbar auf dem Körper, auf den Schultern, die geformt waren wie Galapagoflügel. Lange Arme, kurze Beine. Nur die Augen. Hellblaue Augen, höchst lebendig inmitten all der Behaarung. Sie hätten ihn umgebracht, wenn der Neger Pispís, derzeitiger Direktor des Zirkus Tabarini, nicht dazwischen gekommen wäre.
Unsichtbar und keiner der Parteien zugehörig, schleuderte Surilo, er allein gegen alle, Steine und Lehmballen mit seiner großen Schleuder auf die Zirkusleute, scharf geladene Projektile. Er hatte ihre Gestalten hinter dem Zelt erblickt und traf sie genau.
Einer der Chinesen war das erste Opfer. Er schnappte nach Luft. Keiner von den Zirkusleuten hatte im Gewühl des inneren Kampfes daran gedacht, oder sich vorzustellen vermocht, daß ein äußerer Feind zum Gegenangriff übergehen könnte. Die Beule des Chinesen schwoll an und er beklagte sich: »Tsching tschau... Tsching tschau...!«

Und während er das Brennen zwischen seinen Beinen zu lindern trachtete, besorgt, das Geschoß könnte ihm unter die Haut gedrungen sein (denn so fühlte es sich an), lief einer der Trapezkünstler wie ein Stelzvogel über das Seil, auf einem Fuß, zerschmetterte Ferse.
Surilo pflanzte unverzüglich und mit größter Zielgenauigkeit einen weiteren Treffer auf die Lunge der Tabarini. Sie erblaßte und fiel wie eine irr gewordene Spinne zuckend zu Boden.
Dann erblickten ihn alle, sahen die Schleuder in seiner Hand, sahen, wie er mit heißen Nüstern und erstaunten Augen das behaarte Gesicht runzelte und wieder straffte. In der kindlichen Hitze des Gefechtes hatte Surilo nicht bemerkt, daß er sein Versteck verlassen hatte und auf freiem Felde kämpfte.
Er verteidigte sich tapfer. Als die Schleuder ihm nichts mehr nützte, weil seine zahlreichen Feinde in diesem Kleinkrieg schon zu nahegekommen waren, nahm er die Steine so: Mit den Händen, mit der linken und der rechten. Instinktiv wie ein Tier. Eines der großen Kosakenpferde brachte ihn zu Fall. Und nun prügelten die Zirkusleute auf ihn ein. Stockschläge, Fußtritte, Schläge mit der Hand, dem Ochsenziemer. Sie hätten ihn umgebracht, wenn der Neger Pispís nicht rechtzeitig erschienen wäre. Pispís hatte die Schlüssel zu den Käfigen, besaß die Peitsche des Dompteurs und war der allseits anerkannte Chef.
Mit blutleerer Hand und selber ganz kalt versuchte Ana Tabarini, an den Schmerz in ihrer Lunge zu gelangen, der sich ihr entzog. Schluchzend und klagend wie eine Waise, bat sie den Clown, weiter

auf Surilo einzudreschen. Und Juan Zarco ließ seine Wut am stärksten aus, so daß der Neger mit den Raubtieren drohen mußte, um ihm Einhalt zu gebieten.
Geschützt von Pispís und dem Affen konnte Surilo entfliehen und rettete sich in den kleinen Flur.
Ein erfüllter Tag. Der Tag vermittelt ein Gefühl von grenzenloser Erfülltheit, wenn man ihn von der Oberfläche einer Wassermasse aus betrachtet, die zwischen Bergen eingeschlossen liegt wie die des Bettlertümpels.
Die Fischer, den Kämpfen der Gaukler ebenso fern wie die bezopfte Dienerschaft, saßen in ihren Booten und warfen die Netze aus, stumm und nachdenklich, das häufige ins Wasser schauen machte sie traurig.
An den Ufern dunkelrote Erde, staubgewordenes Blut. Einige Frauengruppen, unstet wie die Wolken, wuschen ihre Wäsche und hängten sie auf. Andere sammelten Gelatinepflanzen, die gegen Fieber halfen, gegen Wundbrand und kaltes Rheuma, oder hübsche kleine Schnecken, aus denen sie Ketten machten, oder Reisig zum Feuern, damit sie das Essen wärmen konnten. Manche trugen ihre Kinder auf dem Rücken, andere hielten sie an der Hand. Seit der Zirkus gekommen war, gingen die Fischer mit ihren Frauen, Kindern und Hunden hinunter zum See, denn sie fürchteten, die Tiger könnten aus ihren Käfigen brechen, die Tiger und der Löwe, der am meisten brüllte, und sie alle fressen, ohne daß sie jemand schützen könnte, während sie draußen wären.
Abends auf dem Heimweg von der Lagune und unter den Dächern der Ranchos sprachen sie von

Surilo. In ihrer Sicht erschienen die Vorgänge anders. Jeder auf dieser Welt schafft sich seine eigene Wahrheit. Und so lautete die ihre: Die Zirkusleute versuchten, den armen Idioten zu packen, um ihn den Raubtieren vorzuwerfen; der Unglückliche wehrte sich erst mit der Schleuder, dann mit Steinwürfen, dann wie er eben konnte, und wenn Pispís nicht eingeschritten wäre, hätten sie ihn zu den Käfigen geschleppt und für die Tiger und den Löwen ein Bankett veranstaltet.

Am folgenden Tag suchten die Fischer mit ihren Familien Zuflucht in dem stillen großen widerhallenden Haus, unter dem Schutz des Schächers am Kreuz und des jungen Alhajadito.

Die bezopften Diener, nebeneinander nach der Länge ihrer rabenschwarzen Zöpfe angetreten, empfingen die Fischer mit ihren Frauen, Kinder und Hunden, mit ihrem Geflügel und ihren gezähmten Hausvögeln, den Pericos, Aras und Papageien, auf der herrschaftlichen Treppe der Alhajados. In träumerischem Zuge hatten sie ihre Ranchos, die armseligen Schilfhütten verlassen und waren gekommen, um sich bei El Alhajadito über die gefährliche Nähe der afrikanischen Tiere zu beschweren. Sie wollten dem Schächer am Kreuz ihre Leiber empfehlen und hierbleiben. Sie füllten die geräumige Kapelle und rückten in tiefem Schweigen aneinander, als ob sie gewettet hätten, wer von ihnen der Schweigsamste wäre, und die frömmsten Gesten vollführte – denn das war die einzige Art, den schrecklichen Gekreuzigten zu verehren.

Die bezopften, bartlosen Gehilfen des Alhajadito schauten die Frauen der Fischer an. Gierige Raub-

tiere, die sie mit zerfetzenden Tatzenhieben verschlangen. Kaum vermochten sie dem Gespräch zu folgen, den Klagen und dem Gejammer der Fischer vor dem jungen Herrn, der sie beherbergen sollte. Mit grausigem Vergnügen dachten sie daran, daß es weder Tiger noch Löwen wären, die diese Frauen in ihren nach Fisch stinkenden Lumpen mit Haut und Haar verschlingen würden; vielmehr sie selbst, sie selber ... nachdem sie sie nackt in ihre Zimmer gezerrt hätten.
Die Fischer gestikulierten und beteten vor dem ›Väterchen ihrer Körper‹, wie sie den Schächer nannten, und schworen, ohne die Worte mehr als gewöhnlich zu betonen, daß sie Surilo rächen wollten.
»Wir geloben in deinem Namen, gebenedeites Väterchen, Verneiner der Seele...« und sie küßten die krummen, verkrampften Füße unter den Schnüren, mit denen sie ans Kreuz gebunden waren.
Der Chef der Bezopften holte seinen Zopf über die Schulter, ließ ihn vorn auf die Brust hängen wie die Troddel einer heiligen Insignie und antwortete den Fischern:
»Wenn die Tiere Menschenfleisch wollen und uns einkreisen, werden wir ihnen zuerst die Kleinkinder, dann die Minderjährigen, dann die Greise, dann die Frauen und zuletzt die Verwundeten vorwerfen; auf diese Weise können die Verteidiger dieses Hauses bis zum letzten Mann kämpfen.«
Nach diesen Worten warf er den Zopf wieder auf den Rücken.
Die Fischer erhoben sich wie im Sprung und schrien

ihm ihren Protest, ihr »Nein!« wie Krötenspucke ins Gesicht.
Der Bezopfte schloß die Augen. Seine Genossen bekundeten ihren Raubtierhunger nach den Frauen und nahmen die Verfolgung auf wie vierarmige Männer, Männer mit zwei Armen und zwei aufgerichteten Zöpfen, die sich wie Krebsscheren bewegten.
Heimliche Gänge, Küchen, Wagenschuppen, Treppen, Porticos, weltabgeschiedene Innenhöfe, entrückte Gemächer. Überall Versteck spielend jagten die runzligen Bezopften die sinnlichen Gestalten der Fischerinnen, verfolgten sie zwischen umherlaufenden Ratten und zischender Herdglut, die erregt aufleuchtete, wenn von dem Fleisch auf den Rosten Fett hineintropfte.
Die Frauen wichen aus, verbargen sich, verteilten sich. Leise knallende, stinkende Winde. Eine einzige Masse aus Lumpen, Händen und Gesichtern, aus Haaren, Schmutz und Angst und Kummer an diesem ersten Tag. Die Männer waren zum Fischen gegangen, hatten sie alleingelassen; nun wußten sie nicht, wie sie wählen sollten zwischen den viehischen Grimassen der verrunzelten Bezopften und den Käfigen mit den keuchenden Bestien.

Wieder ein erfüllter Tag. Die goldenen unruhigen Tiere mit den schaumigen Lefzen beschäftigen sich damit, ihre Reißzähne zu säubern, ihre Krallen zu schärfen und sich in den Gefäßen, in die man ihnen das Trinkwasser füllte, zu waschen.
»Surilo ...! Surilo ...!«
El Alhajadito befand sich in seinem kleinen Flur, um dort die Nacht zu verbringen. Er schüttelte die

mit blutigen Lumpen bedeckte fleischerne Puppe. Surilo rollte die hellblauen Augäpfel, die wie von einer anderen Person entliehen schienen, wie von einem Fremden, der zur Strafe in seine schwarzborstige Mißgestalt eingesperrt war – und er versuchte, sich beim Erwachen umzusehen und zu erkennen, was vorging.

Und er jammerte unablässig, nicht so sehr wegen der Schläge und Verletzungen als des Verlustes seiner Schleuder. Seine großen, unsteten Pupillen rollten in den halben weißen Eiern, die unter seinen Lidern hervortraten.

Gibt es ein herrlicheres Paradies für einen Leidenden als die Linderung seiner Schmerzen? Er vernahm die Stimme des Instinkts in seinem Körper, in dem alles wie zerbrochen war.

Das Paradies ist ein Ort, wo der menschliche Schmerz keine Bedeutung mehr hat, und die Hölle der Ort, an dem alles Menschliche noch empfindlicher schmerzt, unendlich stärker.

Surilo lag lang ausgestreckt in dem kleinen Flur und preßte den Kopf an die Wand. Die Fliegen schlürften das Blut seiner Wunden, als ob es roter Honig wäre. Surilo stöhnte.

El Alhajadito näherte sich ihm und seine nüchternen praktischen Vorfahren vergessend, für die es nur Materie gab, sagte er:

»Surilo, morgen wirst du im Paradies sein . . .!«

14

»Ana Tabarini fegen und Neger auch fegen, Neger gut!«
»Nein, Pispís, der Chef fegt mit dem Kopf, das ist ein besserer Besen, der Kopf ist der beste Besen!«
»Negerchef auch mit Besen fegen, nicht nur mit Kopf, wenn gute Laune hat.«
»Wenn der Neger mir helfen will, kann er die Fichtenbündel hierher holen.«
»Die struppigen Fichten Neger herbringen... So...? Nein, lieber Netz, mit Netz viel leichter.«
Hinter dem Neger, der das Fichtenreisig netzweise in großen, leichten Packen herbeischleppte, erschien der Clown Juan Zarco mit Bündeln von kastilischem Rohr und Blütenzweigen, um den Zirkus auszuschmücken wie für ein besonderes Ereignis.
»Pispís Galavollstellung!« sagte der Clown den Neger nachäffend, der nicht »Vorstellung« sagen konnte.
Der Neger ließ beim Schleppen die Hälfte des Reisigs hinter sich auf dem Boden.
»Pispís streut das Fichtenreisig in der Gegend umher!« rief die Tabarini; sie trug eine weiße Bluse, dunkelblaue Reithosen, auf dem feuchten Haar einen Kamm, um den Hals ein Handtuch mit roten Pünktchen.
»Neger gleich holen... schon holen gehen...!«
Der Dompteur putzte sein Kostüm für die Galavorstellung. Den Zylinder, die Stiefel, das Reit-

zeug. Alles glänzte in der Mittagssonne. Während er die Stiefel putzte, sammelte er Speichel in den Wangen; dann spuckte er auf das Lackledergeschirr mit den goldenen Knöpfen, um einen strahlenden Glanz zu erzielen.
Die Chinesen mit den Taschenspielertricks, die jetzt die Köche machten, schlugen Eier in die Pfanne für das Mittagessen. Inzwischen briet das Fleisch, und die Fischbrühe dampfte und roch nach Ozean. Sie unterhielten sich chinesisch oder, wie Pispís sagte, »schwinesisch«, weil man nichts verstehen konnte. Manchmal lachten sie miteinander, manchmal schwiegen sie still, wie um den Wind zu belauschen. Die Knochen des ältesten schlugen klappernd aneinander. Es schien, als spreche er mit den Knochen, Worte, unter der Haut gesprochen. Er war ängstlich, zuckte beim geringsten Anlaß zusammen. Sein schräger Blick, seine Schüchternheit, seine schmalen Lippen und sein schütteres Puppenhaar, das wie eine Fontäne vom Wirbel herunterfiel, bewirkten, daß man ihn nicht mit den anderen Chinesen verwechselte, die einander völlig glichen.
»Rafa-il...«
Bei dem verlockenden Duft des Essens hatte der Dompteur noch mehr Spucke gesammelt, um sein Geschirr zu polieren. Der Chinese Rafael antwortete ihm mit den Knochen, als er sich umdrehte. Er sagte in seinem Tonfall so etwas wie: »Was wünschen...?«
»Rafa-il«, wiederholte der Dompteur und verschluckte den Speichel, den er dem Chinesen nicht vor die Füße spucken wollte, »ist das Essen bald fertig?«

»Warte Momentchen ...«
Der Neger sammelte das Fichtenreisig ein, das er beim Schleppen der Netze auf dem Boden verstreut hatte, während Juan Zarco die feinhaarigen grünen Rohrbündel am Eingang des Zeltes befestigte; auf die schwarzverrußten Stangen steckte er Kugeln aus benzin- und talggetränkten Lappen, und außer den Rohrbündeln brachte er überall kleine Fähnchen in allen Farben an.
Der Affe half Pispís beim Einsammeln des Fichtenreisigs. Er stieß schneidende Schreie aus, scharfe unerträgliche Schreie.
»Galavorstellung aber nicht für junges Gemüse! Galavollstellung für mich, Pispís, Neger, Chef! Galavollstellung für neuen Chef!«
Ana Tabarini, die Hand am Kamm, den Kamm im Haar, stand da und schaute auf das Paar, das der Affe und Pispís abgaben. Zwei Brüder. Der Chinese, ein schwankendes Skelett, blies auf einer scharfen kleinen Trompete, um das Essen anzukündigen. Der Neger und der Affe behielten auch bei Tisch ihre Fröhlichkeit. Die übrigen vertieften sich in ihre Teller mit Reis und Fischbrühe und kauten. Ein Pferdewiehern. Die gerösteten Fliegen in der heißen Mittagsluft. Die brüllenden, gebackenen, schläfrigen Raubtiere. Vermutlich träumten sie von einem reichen Mahl, bei dem es warme Tiere gab und warmes Lungenblut, warmes Brustfleisch, warme Schwarte. Was man lebendig ißt, bleibt auch im eigenen Körper lebendig; deshalb sollte man die Lebewesen eher lebendig essen, jedenfalls solange sie das Leben noch nicht ganz verlassen hat ...
Niemand vernahm die philosophische Predigt von

Rafael. Der Affe tauchte seine schwarzbepelzte Hand in den Teller mit der fetten goldenen Brühe, in den Teller von Pispís. Mit den Spitzen seiner dünnen kralligen Finger schürfte er auf dem Grunde eine Handvoll Reis und spuckte sie, kaum erst ans Maul gebracht, wieder aus. Sehr heiß. Der Chinese wurde böse, weil der Affe den Reis vergeudete.

»Wenn du das Essen wegschmeißt, mein Kleiner, Neger wird schimpfen. Neger ist Chef!«

Vor lauter Ekel und Verachtung gegen sich selbst vergaßen die Zirkusleute, daß der Neger der Chef der Gruppe war. Vielleicht ärgerte es sie aus diesem Grunde so, daß der Chinese Rafael sie an ihr Unglück erinnert hatte.

Pispís schaltete sich ein und unterstützte die Äußerung des Chinesen, dem es seinerseits das Leben vergiftete, den Affen und Pispís vierhändig aus demselben Teller essen zu sehen.

»Neger Chef! – Gehilfe, schmeiß den Reis nicht weg!«

An der Inthronisierung des Nachfolgers von Antelmo Tabarini hatte nur der Beißkünstler nicht teilgenommen; er war krank gewesen, aber jetzt, fieberfrei, ging er umher, vom Hunger nach Genesung wie besessen, und voller hinterhältiger Gedanken gegenüber seinen Mitgenossen, die es zugelassen hatten, daß Pispís Direktor wurde. Jedesmal, wenn er an den Negerchef dachte, klapperte er mit den Zähnen und machte ein Geräusch wie stürzendes Wasser. Eine Wespe hatte ihn in seinen breiten menschlichen Stiernacken gestochen. Er kratzte sich an seinem Hals, an seinem Riesenohr. Zwischen den Zähnen trug er einen Stuhl zum Eßtisch. Auf dem Stuhl lag ein gewaltiger Koffer, denn er fürchtete offenbar, man würde seine Sachen stehlen, und auf dem Koffer lagen zwei riesige Steine zu seiner Verteidigung, falls man die Tiere freiließ.

Beim Anblick des essenden Beißkünstlers zitterte der Chinese Rafael. »Fort von hier, weit fort!« schrien seine Knochen, seine Knochenmannsknochen.

Nur die Schulterblätter hinter ihm fühlten sich sicher. Er wäre weggelaufen, wenn er nicht heimlich ein Gräschen aus Tibet in einem schmutzigen, aus Priesterhaar gewebten Täschchen bei sich getragen hätte. Sollte der Beißkünstler angreifen, würde er seinen Talisman aus dem Täschchen herausholen und das Monstrum bannen, bis es Stein geworden wäre.

Nach dem Essen erhob sich Pispís als oberster Chef und gab das Zeichen zum Aufbruch für den Werbezug, der durch die nahegelegenen Weiler bis zum *Bettlertümpel* führen sollte, um die Galavorstellung zu Ehren des neuen Cäsars der Finsternis und des Ebenholzes anzukündigen, des glücklichen Nachfolgers von Don Antelmo Tabarini.

Der Clown Juan Zarco ritt allein, ein Herold auf zimtfarbenem Pferd ohne Sattel, seine goldbemalten Sandalen hingen ins Leere. Ihm folgte auf einer schwarzen Stute Ana Tabarini in einem gelben Tarlatankleid mit roten Sternchen und schwarzen Kometen, eskortiert von den vier Chinesen, die auf Stelzen neben ihr Schritt hielten. Die Chinesen trugen safranfarbene Mandaringewänder, wie aus Gold gemacht, zu violetten Hosen und

schwarzen Strümpfen; alle waren mit Reismehl bestäubt gleich Bäckermäusen, und ihr schwarzes Hanfhaar umrahmte die Zähne, die ein Lachen lachten, das ihnen nicht gehörte. Das gezwungene Lachen von Leuten, die dem Zahnarzt oder dem Spiegel ihre Zähne zeigen. Der Beißkünstler folgte schlecht gelaunt, als Deutscher kostümiert; um ihn herum schwärmte eine Wolke von Kindern; sie versuchten, sich ihm zu nähern, um seinen riesigen, ausgestopften Hintern zu berühren.
»Dickpopo...! Dickpopo...!« schrien ihm die Kinder nach, und der Affe, der ihn auf dem Marsch begleitete, sprang von seiner Saurierschulter auf das künstliche Hintergestell herunter.
Die würdigsten des Zuges waren die Trapezkünstler, die Jongleure und der albanische Feuerschlukker. Die Trapezkünstler trugen enganliegende fleischfarbene Trikots, gleich Schmetterlingen, die ihre Flügel beim tödlichen Flug von Trapez zu Trapez verloren hatten. Der Albanier rauchte und verschlang seine Zigarre, während er tätschelnd mit der Bartfrau sprach, deren Arme hinter dem Hals hervorwuchsen. Der Wagen der Musiker schloß den Zug. Da saßen sie, schmutzig und hungrig wie Aristokraten, die man zur Guillotine fuhr.
Pispís ließ sich fallen. Sein Körper stieß auf die Erde und er fühlte die Lust eines schwarzen Gottes, der sich Herr und Meister über einen Zirkus weiß. Seine glänzende Lacklederhaut vibrierte wie eine Trommel unter dem Widerhall eines dunklen Volksgeschreis. Es war ein einziges Tamtam. Die Stämme tanzten Tamtam! Tamtam! Tamtam! Seine Krone bestand aus Früchten, sein Zepter aus

Blumen. Das Brüllen der Raubtiere. Tamtam...! Tamtam...! Tamtam...! Unter seinen halbgeschlossenen Halbkugellidern wölbten sich zwei Augäpfel ohne Pupillen und von seinen klappernden Zähnen zerbissen, kam eine Art heulender Prophezeiung von seinen Lippen:

Amó goró baragá!
Amó goró baragá!
Abongó fangá
Fangá...! Fangá...!

15

Wenn die ersten Sterne kommen, leert sich die Nacht. Ein Becken bläulich-schwarzen Wassers. Durch goldene Ventile entschwinden nach und nach die Schatten, und wenn einmal keine Sterne leuchten, so sind sie in die Hüttenfeuer geschlüpft oder in die Feuer von San Telmo oder in die grünen Feuer der tanzenden Totengerippe.

In einer solchen schwarzen Dämmersphäre saß Pispís auf seinem Thron neben El Alhajadito, den die Rücken der unheimlichen Bezopften schützten, und wohnte der großen Galavorstellung bei, die man ihm zu Ehren gab. Die Augen des Nachfolgers von Don Antelmo Tabarini wölbten sich aus ihrer Höhle hervor, um das Schauspiel in allen Einzelheiten zu verfolgen. Die Musik schwoll ihm in den Ohren. Er war erfüllt von den vielen Leuten, dem Licht, den Klängen und der einsamen verschwiegenen Patina, die den kleinen Alhajadito umgab, dessen halbgeöffnete Lider und seidene Wimpern vorsichtig benagten, was er sah und träumte.

»He, Don Niño, wenn Sie schlafen, Pispís Sie wegbringen!«

El Alhajadito hörte, wie ein langes Lachen die elfenbeinernen Maiskolben zwischen den rosafarbenen Lippen entkörnte.

»Kind schlafen, Neger ihn wegnehmen.«

Ana Tabarini tänzelte auf einer blauen Kugel, die mit abgewetzten goldenen Sternen übersät

war, lief die weinfarbenen Teppiche entlang, von Punkt zu Punkt, eine Osterblume in der Hand; die kleinen Füße bewegten sich wie fleischerne Flügel.
»Die Fee ... sehen, Don Niño ...! Müssen bitten, Don Niño! Bitten, daß Geld bringen, Münzen! Fee auf der Weltkugel!«
In dem changierenden Trikot, unter ameisengleichen Flimmerplättchen, zeichnete sich ihr Körper ab; mit starrem Blick aus der graziösen Stirn fuhr Ana Tabarini fort, die Weltkugel zu rollen, und unter den Sohlen ihrer rosigen Flügel wanderten die anderen Sterne dahin. Wie auf einem Fahrrad über den Himmel, dachte El Alhajadito, und als Pedale die Sterne gebrauchen ...
»Niño nichts bitten ... Neger wird Krone verlieren, wenn Fee der Welt nicht Geld geben, Münzen ... Auge ganz offen, Don Niño!«
»Ich will, daß sie mir ein Fahrrad bringt ...«
»Ich will, ist hier ...!«
Und Pispís begleitete seine Worte mit dem Zeichen zweier Kreise, die sich in Räder verwandelten, nachdem seine Fingerspitzen sich von ihnen gelöst hatten. Dazu zeichnete er einen Dreiecksrahmen und ein paar Hörner für den Lenker.
»Nein, Neger, nicht so ein Fahrrad ... ich will ein Fahrrad, das statt der Räder blaue Kugeln wie die Weltkugel hat, mit goldenen Sternen, mit vielen, vielen goldenen Sternen.«
»Ich will, ist hier ...!«
Und Pispís löschte mit einer halluzinativen Geste, Augen weiß, Zähne gebleckt, die beiden Räder und den Rauch ihrer Reifen aus – Rauch von den Kugeln aus Talg und Benzin, die am Zirkusein-

gang brannten – und statt der Kreise übertrug er zwei Weltkugeln auf das Fahrrad von El Alhajadito.
»Ich will mit Señorita spazierengehen ...«
»Ich will, ist hier ...!«
Und während Pispís, dessen Wille sich in Sekundenschnelle erfüllte, noch sprach, hüllte die Tabarini Don Niño in eine duftende Musik. Don Niño konnte Ana Tabarini nicht sehen, weil er im Innern ihres Körpers reiste. Wer wie er in das innere Universum einer Person geraten ist, wundert sich, in eincr Art Anatomiesaal gelandet zu sein: Die Lungen, die Leber, die Luftröhre ... El Alhajadito erlebte im Körper der Tabarini, was er noch nie erlebt hatte. Nach draußen teilt ein Frauenkörper wenig mit von dem, was er verbirgt. El Alhajadito flüchtete im Inneren der Tabarini auf einem Fahrrad, das statt der Räder zwei blaue Weltkugeln hatte. Er flüchtete vor Surilo, der ihn mit einer einzigen Pupille aus himmelblauem Kaschmir verfolgte.
Die Tabarini hielt an, vielmehr, sie stieß die ungeheure Weltkugel von sich; und das Gesetz der Schwere bewirkte, daß sie aus dem schönen Universum stürzte, herausgeschleudert wie Surilos Steine. Pispís hielt die weiße Hand der Tabarini, der sogenannten »Verrenkten« in den schwarzen Händen. Die Fischer hatten ihre Netze auf den Grund des Zeltes ausgelegt. An jedem Knoten hatten sie eine »Gewitterfliege« befestigt, damit die Seiltänzer nicht merkten, sondern, wenn es losginge, sich in den fliegenden Netzen verfingen.
Die Tabarini war die erste, die in die Falle gegangen war. Als ob sie sich im Haar einer blon-

den Sirene verfangen hätte, hob sie die Arme in wogendem Rhythmus, ohne sich frei bewegen zu können, sich mehr und mehr verheddernd, bis man sie, völlig gefangen, mit dem Netz in die Höhe zog und im Leeren hängen ließ, wo sie ihre Weltkugel nicht mehr rollen konnte.
Die Fischer hatten eine Bestrafung aller Schuldigen gefordert, die über Surilo hergefallen waren. Mit ihrer Hilfe hatte der Dompteur die Leitung des Zirkus an sich gerissen.
Ana Tabarini, in dem einen Netz bewegungslos gefangen, und der Neger Pispís, hochgehoben und gefangen in dem anderen, schaukelten im Licht der mit Benzin und Talg getränkten Lumpenfakkeln.
In der Mitte der Manege erschienen die Raubtiere. Ihre kaiserliche Anwesenheit krönte den Triumph des Dompteurs, der dem Neger mit seiner Löwenbändigerpeitsche elektrische Schläge versetzte. Die Kunstreiter feierten seinen Triumph mit den schönsten Pirouetten auf ihren Pferden. Der Affe hob, um sich nicht daraufsetzen zu müssen, philosophisch den Schwanz.
»Nadir ...!« seufzte Ana Tabarini in ihrer entehrenden Schaukel, die von den nahen Benzinkugeln mit ihrem Rauch und Gold entflammt zu werden drohte. »Nadir ...!« – dann ihre Taubenaugen, das wirre Haar in ihrem Gesicht.
»Als der Löwe seinen Namen hörte, schüttelte er bedächtig den gemähnten Kopf, versuchte, eine Sonnenfinsternis herzustellen, indem er langsam die vom Schlaf zermürbten Lider über seine Pupillen schlug, und brüllte.
»Nadir ...! Nadir ...!«

Der Dompteur lachte alle aus und setzte dem Raubtier den Stiefel auf den Rücken. Ihm zur Seite lachte auch der Beißkünstler ein vierfaches Gelächter mit seinen vier Reihen von Bajonettzähnen:
»Ha! Ha! Ha...! Ho! Ho! Ho...! Pispís und die Verrenkte in Vögel verwandelt...!«

16

Nadir war in der Höhe eines steilen Vorgebirges geboren, das auf der damals bekannten Erde nicht mehr zum Reich Diokletians gehörte. Da stand er, noch winzig und halb blind, auf seinen Tatzen, seinen großen Pfoten. Und alle Sterne in der warmen Nacht wußten, daß das Blut jenes Ur-Nadirs in ihm floß, jenes geflügelten Löwen, der in die Tempel brach, um die Altäre zu stürzen, auf denen man die heilige Hostie verehrte. Erst mußte ein Goldschmied die himmlische Eingebung haben, die Monstranz mit einer Löwenmähne zu umgeben, damit die schändlichen Taten der großen Raubkatze ein Ende fanden. Damals wurde sie zur Wächterin über die Monstranz. Und diese Geschichte war es, die Don Antelmo Tabarini sicherlich kannte, als er den letzten der Nadire ›Wächter‹, nämlich Nadir Custodio, nannte.

Mit goldenem Haar auf der geäderten Haut spazierte der junge Löwe durch den Käfig, durstig aufbegehrend wie in Agonie, wenn ihn der Lockruf der brüchigen Stimme von Ana Tabarini erreichte. Manchmal hielt er inne und richtete die Augen ins Unendliche. Niemand schlief. Der Dompteur war aus der Garderobe, die sein Schminkzeug und sein Kostüm enthielt, zurückgekehrt. Wermutfarbenes Haar unter hohem Zylinder mit Pfauenfedern; Tressenjacke mit goldenen Knöpfen; Stiefel, poliert wie mit nächtlichem Tau; und am Ende der Peitsche ein Nardensträußchen.

»Ana Tabarini ...« sagte er und wandte sich nach oben zu dem Netz, in dem die Verrenkte zappelte wie ein Vogel, der in eine Fadenfalle gegangen war. »Ana Tabarini ...« – doch er stockte, als er sah, daß sie versuchte, ihn von dem Netz her zu bespucken. Dann kniete er nieder, streckte ihr die Peitsche mit dem Nardenstrauß entgegen und flüsterte: »Verzeih mir, Ana Tabarini, sieh, wie ich auf den Knien liege, willig, deinen Willen zu erfüllen, wenn du aus diesem Netz in meine Arme fällst!«
Ana Tabarini wand sich in dem Netz wie ein mausernder Vogel und wollte ihm die Peitsche wegnehmen. Aber nur das Nardensträußchen an der Spitze der Peitsche blieb in ihren Händen. Erdiger Geruch, der sie entschieden und in großer Angst ausrufen ließ:
»Nadir ...! Nadir ...!«
Die mandelförmigen Quecksilberaugenäpfel blickten, erschüttert von blauen Dunkelheiten, ins Weite. Es schien, als ob Nadir auf ihren Anblick hin gehorchen und sie aus dem Netz befreien wollte, in das die Fischer sie mit Hilfe ihrer Fliegen hatten fallen lassen, wie den Neger in das andere Netz, das nahe der Arena über dem Eingang für das Publikum hing.
»Nadir ...! Nadir ...!«
Ein Busen weißer als die Narden! Sie duftete nach feuchtem Salz. Soviel geweint, soviel geschwitzt.
»Nadir, es treibt mir das Taufsalz aus dem Leib!«
»Neger schließen Augen, nicht mehr sehen, Herz nicht fühlen, aber wach ...!« – So hörte man Pispís leise sagen – »Neger wach ...!«
Der Dompteur kniete immer noch neben dem Netz,

in dem die Tabarini hing. In der vor dem Herzen aufgesetzten Tasche seiner Tressenjacke stak eine Zigarre.
»Pispís bitten um eine einzige Sache...« – und er starrte so sehnsüchtig auf die Tasche des Dompteurs, daß der hineingriff, um ihm die Zigarre zu schenken. Es gilt als Freundlichkeit, den Gefangenen Tabak zu geben. Das zurückhaltende, kitzlige Lachen des Negers bewog ihn, sein Verhalten zu ändern, und er pflanzte einen Peitschenchlag auf den Rücken von Pispís.
»Du Negerschuft, du hast gelacht! Jetzt kann ich Ana Tabarini nicht mehr in reiner Liebe lieben. Ausgelacht und mit dem Blick gesagt, als ich die Hand zum Herzen führte... reine Liebe, eine reine Zigarre...!«
Die Peitsche knallte zwischen die Augen von Pispís, der ihn durch das Netz, das ihn gefangenhielt, wie durch eine Brille anzusehen schien.
»Dompteur nicht Neger schlagen! Dompteur Zigarre schenken und Neger friedlich, reine Liebe rufen...!«
»Und die Fäden knüpfen...!« sagte der Dompteur noch immer vor der Tabarini kniend, aber Pispís unterbrach ihn:
»Nicht Fäden knüpfen, Dompteur, Neger los!«
Wie Wasser aus Stacheldraht fühlte der Neger die Spritzflecken des Peitschenschlages, den der Dompteur ihm auf die Wange knallte. Der Löwe führte seinen Leib hinter dem Käfiggitter wie einen Bronzeschatten vor.
»Naa... dir! Naaa... dir!«
Über die trockenen Lippen der Tabarini kam kaum ein Laut.

»So kannst deine Mutter zähmen!« heulte Pispís. Auf der Wange stachen ihn feurige Ahlen, schmerzhafte Mücken, an die er nicht heranreichte. Endlich gelang es ihm, eine Hand aus dem Netz zu lösen, das alle seine Bewegungen hinderte, und er schrie: »Wenn Schlag böse werden, ich schlag dich tot!«
Er weinte. Neger verfügen über Lachen und Weinen, als wenn es nichts wäre. Einfach so.
»Wenn ich unten steige, bleiben dir kein Knochen heil!«
Der Dompteur noch immer vor dem Netz der Tabarini kniend, die, von ihrem Hängezustand ganz benommen, kaum atmete, fühlte sich beleidigt und wäre wie eine Stahlfeder aufgesprungen, wenn er nicht rechtzeitig überlegt hätte, daß ein solches Verhalten ihm für immer die Chance verdorben hätte, von Ana Tabarini erhört zu werden. Aufrecht, Stolz beweisend dastehen – aber ohne sie? – Nein! Tausendmal nein ...! Dort auf dem Boden kniend, demütig, den blonden Kopf in einigem Abstand gesenkt, damit sie ihn nicht bespuckte. – Ja! Tausendmal – ja! Und wenn sie ihn in seiner Selbsterniedrigung bespuckte, so blieb ihm doch eine Hoffnung.
»Und warum habe ich deinem Vater nichts von meiner Amore gesagt, perché, warum ...? Weil dein Vater cholerisch war wie niemand auf dieser Welt, weil er mich mit den Augen zerbissen und mit dem Mund ausgespuckt hätte ...«
»Schade, schade, daß du nicht gesprochen haben; er dich nicht verschlingen und ausspucken, sondern ganz anders ...!« Der Neger sprach mit einer Ochsenziemer-Zunge; er war eben im Begriff, sich zu

befreien, da die Kettenglieder seiner Fesseln zwischen seinen scharfen Zähnen zersprangen, kleine Sprüngchen, dünne Fäden; jetzt versuchte er, nicht unten aufzuschlagen, eifrig bemüht, die kleinen Kettchen zu greifen, die unter seinen Bissen davonliefen.

»Naaa! Naaa! Naa ...!«

Von ferne hörte man, wie der Löwe bei dem erstickten Schrei der Tabarini hin und her lief, keuchend in der Gefangenschaft wie sie. Von seinen Ahnen hatte er nur den glorreichen Namen und die Monstranzmähne.

»Sirenchen erhöre mich, und Nadir wird zu deinen Füßen liegen. Auf ihm reitend wirst du dann dem Zirkus unsere Hochzeit verkünden ...!«

Ana Tabarini öffnete die Augen, öffnete sie noch weiter, mehr und mehr, und heftete sie auf die Gestalt des knienden Dompteurs, der sich das Haar strich. Unmöglich, die Hände in dem hängenden Netz zu bewegen! Und sie schrie:

»Dompteur, hast du ›unsere Hochzeit‹ gesagt?«

Wie eine Puppe sprang der schüchterne und gefürchtete Liebhaber auf, küßte ihr Hände und Wangen, küßte die Netze ihres mit Fischschuppenstaub versilberten Liebesgefängnisses und eilte mit einem zweiten gigantischen Sprung zum Käfig Nadirs.

»Nadir, du bist mein goldenes Selbst, mein Löwen-Ich, komm, leck die Füße meiner geliebten Dompteuse; und du, Negerchen, nimm die Zigarre und vergiß die Peitsche!«

Pispís, der die Maschen zerbissen hatte und ohne Hilfe des Dompteurs seinem Netz entschlüpft war, erhielt seine Habana und begann sogleich zu rau-

chen wie eine Lokomotive. Nur mit Mühe rettete er die Zigarre vor dem gleichermaßen lasterhaften Affen, den er, seinen Kummer ganz vergessend, unter Räkeln ansprach:
»Und sag nicht, Affe, daß die Neger auf Hochzeiten so rauchen!«

17

Die dürren Fischer in ihren alten Lumpen, ihren weiten gelben Palmsombreros, ähnelten den Mangowurzeln. Sie flickten die Netze, in denen man die »Verrenkte« und den Neger festgehalten hatte, um Surilo zu rächen. Stumme Arbeit. Nur die Bewegungen der Hände. Das Gesicht dicht über die Maschen gebeugt, nahmen sie hin und wieder einen Faden zwischen die bloßen Zähne und knoteten einen anderen fest. Nicht nur die Hände, auch die Gesichter bewegten sich über den Spinnennetzen, deren Enden von mächtigen Pfosten gehalten wurden.
Früh am Morgen. Aus einer Röhre hörte man es in den Weiher tropfen und vernahm das Tauchen der Enten, die sich auf der Wasserfläche spiegelten wie im Rest eines dunklen Traums. Das große Haus warf einen Hahnenschatten auf den leeren Hof, und die Fischer belustigten sich bei dem Gedanken, daß dieser Hahn zu krähen begänne, den anderen Hähnen Antwort gäbe; daß er sein blaues Mauerdunkel schlüge, wie zwei schwarze Flügel, und den rotbekammten Kopf auf dem kleinen Türmchen reckte, dessen Ziegel in der nahenden Dämmerung aufschimmerten. Vollkommene Vision, als sie den Hahnenschatten zu dem riesigen Huhn des Zirkuszelts hinüberwandern sahen, das die Zirkusleute zur Abreise heruntergeseilt hatten. Hingeduckt wartete es auf den Sprung des schwarzen Hahnes.

Selbst Mendiverzúa, der älteste unter den Fischern, schüttelte die Hände. Das Netzeflicken hinterläßt ein Jucken in den Fingern. Er hatte seine Arbeit beendet. Jetzt stieß er den Sombrero in den Nacken, um seine heiße Stirn zu lüften, und mit der Zungenspitze bespeichelte er eine kleine blutende Schramme neben dem Daumennagel.
Gut, daß diese Zuckerpüppchen verschwinden! dachte er, als er das Zelt auf der Erde liegen sah. Da lag es, konnte eingerollt und auf die Wagen geladen werden. Für Mendiverzúa waren die Gaukler keine Leute aus Fleisch und Blut, sondern bunte, poröse Zuckerfiguren, die man im Wasser des täglichen Lebens auflösen und mit Freuden trinken konnte.
Einige Fischer näherten sich ihm:
»Wir müssen unsere Sachen packen, Mendiverzúa...«
»Ich sage... –«
In dem großen geflickten Spinnweben, das sich über den Patio spannte und bereit war, zu den Fischen hinunterzusinken, hatte sich eine unerwartete Vision gefangen. Kein schwarzer Hahn, kein Zelt.
Mendiverzúa steuerte den Kopf, die Ohren gegen den aufkommenden Wind, sein ganzer Körper drehte bei, Kehrtwendung eines Schiffs, und stand dem fremden Wesen gegenüber; im ausgefransten Ärmel des manschettenlosen Hemdes hing der rechte Arm, der linke, Henkel eines Kruges, an der Taille. Die Fischer, die begonnen hatten, ihre Netze zu falten, standen erst vereinzelt, dann ohne Ausnahme starr.
Der Dompteur mit silbernem Zylinder auf dem

wermutfarbenen Haar. Olivgrün seine Tressenjacke mit den goldenen Knöpfen, Röhrenstiefel aus glänzendem Lackleder und ein Nardensträußchen an der Spitze seiner Peitsche.
Pispís mit der Habana in einer schwarzweiß karierten kurzärmeligen Jacke mit Zelluloidkragen und festlicher Krawatte. Auf der nackten Haut der Tabarini klebte das Trikot; kleine Brüste, enge Taille, lange Beine ohne Schenkelfleisch. Und hinter ihr Nadir, im Winde die gewaltige Monstranz der Mähne, nachdenklich und glücklich, Glück, dem außer seinem Selbst kein Hindernis entgegenstand.
Als Weltkugelfee schritt Ana Tabarini über die gespannten Netze, ohne sich in ihren Maschen zu verheddern, ähnlich wie die Luft, das Licht, das Wasser, die sich auch nicht fangen ließen; sie gehorchte den Signalen des Dompteurs, der sie mit Peitschenknall und Nardenküssen, eingerahmt von dem zigarrenschleckenden Neger und dem freigelassenen Nadir, führte, und die Fischer standen wie versteinert.
Der schwarze Hahnenschatten des Hauses zog sich zurück und ließ die weiße Riesenhenne des Zeltes allein. An den Fenstern tauchten die Bezopften auf, lärmend wie zankende Käfigvögel.
Die Bartfrau, hinter einem der Vorhänge des Schlafzimmers versteckt, in dem El Alhajadito schlief, schlug vor, ihn zu wecken:
»Man muß dem Kind die Augen öffnen ... so kann es nicht bleiben. Öffnet ihm die Augen ...«
Ana Tabarini tänzelte auf der Kugel, die unter ihren Füßen über den sonnigen Hof zu den Fischern hinüberrollte. Hier das Trio, das aus dem

Dompteur, Pispís und Nadir bestand, und die Bezopften, die mit Vogelbauern, Gießkannen und Zuckerrohr die Treppe herunterkamen.
Nun waren sie fort. Die Zirkusleute waren abgereist, sie entschwanden langsam in Richtung des Bettlertümpels. Hinter ihnen, von mächtigen Pferden gezogen, die Wagen mit den Tigerkäfigen, dem Zelt, dem Baugerät, und die Wohnwagen mit den Alten, den Frauen und den Kindern. Wie ein Geist in der Staubwolke tauchte Surilo auf. Er schwang seine Schleuder über den Kopf und beschoß die Räder der schwankenden Wagen, die nach und nach in den Hohlweg versanken.
El Alhajadito schlief auf weißgestickten Kissen, einem duftenden Federbett; zusammengewachsene Brauen auf der Blässe seiner Stirn: Fast ahnte man den schwarzen Anzug unter dem schneeweißen Linnen. Sogar zum Schlafen nämlich kleideten sie ihn schwarz.
Auf der Rückseite des Hauses, zwischen den Vorhängen, erschien neben der Bartfrau der Beißkünstler. Er bewegte die Kinnladen und klapperte mit den Zähnen vor den sprachlosen Bezopften und bedeutete ihnen zu verschwinden, da er seine Angelegenheiten allein besorgen wolle. Er wischte mit der Hand in Richtung der Tür und ging hinter ihnen her, um nach dem Clown zu suchen. Aus dem Eßzimmer hörte man es schnarchen. Hier lag der Clown, die Wange auf den Tisch gepreßt. Der Kiefermann nahm ihn beim Schopf und schleppte ihn die Treppe hinunter, hinter ihm die Bartfrau.
»Kiefer, Kiefer ...« sprach die Bärtige, »wie du dem Schächer ähnelst!«
Der Beißkünstler sah sie aus seinen Tieraugen

starr an. Ihn mit dem Väterchen zu vergleichen...! Schmeichlerin. Und er bewegte keinen Muskel. Marmorgleiche Unnahbarkeit der Großen dieser Erde.

18

Die Weltkugel Ana Tabarinis drückte ihre Spur in den Sand am rötlichen Ufer des kleinen Sees. Die Künstlerin auf geflügelten Füßen. Ihre Haare spielten in der lieblichen Brise, wehten um ihre vegetabilischen Ohrmuscheln, wallten auf ihre Schultern, ihren Rücken. Nadir Custodio senkte den Kopf zwischen die Lymphen und krönte seine Mähne mit Blumen. Er spielte mit den Pfoten, von Schmetterlingen verfolgt.

Ohne sich weiter um diese letzte unfreiwillige Zirkusvorstellung unter freiem Himmel zu kümmern, stiegen Mendiverzúa und seine Männer in ihre Einbäume und begaben sich auf den See.

»Diese rosigen Püppchen bringen es noch fertig, daß wir den Morgen verlieren, paßt auf!« bemerkte Mendiverzúa.

Die Ruder, groß wie Bäckerschaufeln, platschten ins Wasser. Wenn sie sich in der kristallenen Fläche spiegelten, waren sie groß und doppelt zu sehen, und diese Täuschung erleichterte ihre Bedienung, denn in Wirklichkeit waren sie klein. Die Fischer entfernten sich vom Strand. Der Wind wehte günstig. Aber noch waren sie nahe am Ufer, noch in der duftigen Frische der Bäume über dem Wasser, als Ana Tabarini erschien, mit den Zehenspitzen auf blauer sternübersäter Kugel, fröhlich, unschlüssig. Und mit ihr, Blasen und Spiegelungen, der Löwe, der Dompteur, Pispís und El Alhajadito.

»Bin ich zu spät zur Zeremonie gekommen ...?« fragte El Alhajadito wie zur Entschuldigung.

Ana Tabarini, die die Chinesen mit einem Seidenschleier von einer einzigen Raupe bedeckt hatten, stieg mit einem graziösen Sprung von der Kugel und ließ sie den Fischern zurollen.

Mendiverzúa glaubte, sie habe sie verloren, und ruderte der halb aus dem Wasser ragenden Sternkugel nach, um sie der Gauklerin wiederzubringen und sie zu bitten zu gehen; aber die Kugel entwich, als ob sie unter den Füßen der Tabarini rollte, entwich, von der Brise getrieben, oder tauchte launisch unter das Kanu, sobald Mendiverzúa sie erreicht hatte, schwamm weiter und weiter.

Die Hundssternsonne und sein eigenes verrücktes Treiben machten Mendiverzúa schwindlig. Andere Fischer näherten sich. Ein Spiel zerbrechlicher Hölzer um eine Weltkugel. Wer hatte der Verführerin Willen verliehen?

Mendiverzúa gab sich geschlagen. Er kehrte zum Strand zurück, wo die Gaukler und El Alhajadito warteten. Sein Bart, aus den Peitschenschnüren des Windes genäht, troff von süßlichem Wasser; seine Arme waren gefühllos vom vielen Rudern; sein Körper roch nach Petersilie, denn er roch immer nach Petersilie, wenn er schwitzte, und ließ, vom Hemd entblößt, die Muskulatur eines alten Kolosses sehen.

Bevor Mendiverzúa das Boot anband, sprang Ana Tabarini hinein, um die Verfolgung der magischen Kugel aufzunehmen. Nur daß sie nicht versuchte, sich ihr zu nähern, sie mit den Händen zu fassen und festzuhalten. Sie gebrauchte eines der Fisch-

netze, um sie zu fangen. Blau und blind, mit Sternen statt der Flossen versehen.
Es begann bereits zu dämmern, als Ana Tabarini zum Strand zurückkehrte. Die Nadire des Himmels, die goldenen Abendwolken begleiteten Nadir Custodio wie eine stumme Familie. Die Liebe der Dämmerung sehnte sich nach der Festigkeit einer Skulptur in den Gebärden des Dompteurs. Mit sehnsüchtigen Augen unter baumwollenen Brauen zählte Mendiverzúa zwischen Schnurrbart und Kinnbart das Geld, das er für künftige Fischlieferungen erhalten würde.
»Mendiverzúa!«
Der Alte hob den Kopf, der sich unter der Last seiner Pflicht gesenkt hatte und erblickte Ana Tabarini. Mit einem Ruderschlag an den Kopf hätte er sie auf den Friedhof ohne Kreuze befördern können, den Friedhof, den das Wasser dieses traurigen Sees bedeckte, einen Unterwasserfriedhof, in dem die Skeletts der Toten sich wie im Leben bewegen: Sie gähnen mit ihren lockeren Kiefern, sie recken die Arme und ziehen sie ein wie Schwimmer, die sich von Ort zu Ort bewegen, sie schütteln die Füße, wenn die Blasen sie jucken; hockend verrichten sie ihre Notdurft, die sie doch nicht verrichten, sie heben die Hände wie vom Tode bedroht, sie klatschen und nicken, umarmen sich, wenn sie sich treffen, sie schlagen sich oder sitzen wie Liebespaare, durchkreuzt von gebrochenen Lichtern und Fischen, die zwischen ihren Rippen spielen wie in Käfigen, denen das Herz abhanden kam.
Mendiverzúa unterdrückte seinen Zorn. Immerhin, er war ein praktisch denkender Mann, den es

schmerzt, einen Tag zu verlieren, der Geld und Verdienst bedeutet. Nadir Custodio näherte sich ihm. Wenn ihm jetzt das »Väterchen des Leibes« keinen Beistand leistete, würde er mit einem Prankenhieb erledigt sein; aber der Löwe warf sich auf ihn mit der zahmen Fröhlichkeit eines Kraftgeschöpfs, das mit ihm spielt, und hauchte wie ein warmer Blasebalg auf sein Gesicht, auf seinen Bart. Es ging nicht liebenswürdiger. Und auf dem Boden liegend, denn das Raubtier hatte ihn umgeworfen, gelobte Mendiverzúa dem Schächer am Kreuz Besuche und Opfergaben. »Laß ihn verletzen, aber nicht fressen... verletzen, aber nicht fressen...« murmelte er zwischen den Zähnen, und fürchtete zugleich, sein Spielgenosse könnte ihn hören und zornig werden.

Ana Tabarini erlöste ihn von seinem Schrecken und half ihm auf die Beine. Alle umstanden ihn. Der Clown, der Kiefermann, die Bartfrau, der Chinese Rafael, das Äffchen, Pispís, die Kunstreiter, die Trapezkünstler, der albanische Feuerschlucker und El Alhajadito. Ana Tabarini sagte zu ihm:

»Wenn du der älteste Fischer der Gegend bist, so segne unsere Liebe, unsere Heirat. Wir schwören vor dieser blauen Welt mit ihren Sternen aus Goldpapier, daß wir uns lieben bis ans Ende unserer Tage. Für die Ewigkeit wollen wir nicht schwören, weil es sie nicht gibt; aber für die Tage, die uns noch bleiben und von denen wir hoffen, daß es viele sind, und alle so wie der heutige Tag.«

»Und in den Wagenrädern klappern Beißerchens Zähne...« setzte die Bartfrau hinzu.

»Mendiverzúa, segne unsere Vermählung«, bat

der Dompteur und stellte sich neben die Tabarini.

»Wenn es so ist, reut es mich nicht mehr um den verlorenen Tag«, sagte der Fischer. »Ich erkläre vor dem Patron unserer Leiber, der das Beste, was wir haben, fruchtbar machte, nämlich unseren Tod, den Tod, für den es kein Jenseits mehr gibt, daß diese beiden Mann und Frau sind. Wo sind die Zeugen . . .?«

»El Alhajadito . . .« sagte sie.

»Der Löwe . . .« sagte er.

»Der Clown . . .« sagte sie.

»Beißer . . .« sagte er.

In der Nacht, nach beendeter Zeremonie, fuhren die Wagen weiter. Wer schleuderte die Sternschnuppen umher? Hingestreckt schlief der mißgestaltete Schleuderer, neben sich die Muskelnester seiner Arme, ein Schleuderer ohne Gesicht, ohne Haar. Und seine Unterkunft war der kleine Flur.

19

Mendiverzúa ließ die Netze los. Er brauchte seine Hände zum Sprechen. Sprechen – aber nur mit freien Händen. Sprechende und Schwimmer helfen sich mit den gleichen Gebärden. Die eine kommt, die andere geht. El Alhajadito gesellte sich zu Mendiverzúa, um ihm beim Flicken zu helfen. Aber indem er ihn dauernd zu antworten zwang, half er ihm nicht, sondern störte ihn. Ein kindlicher Dieb: Verlorene Zeit. Doch so sind alle Kinder. Zeitdiebe. Sie haben es sich in den Kopf gesetzt, eine ihnen noch verborgene Gegenwart zu erobern. Gegenwart bedeutet Zeit – was kümmert es sie, daß sie schwindet. Um so besser. Mag sie schwinden. Gegenwart der Erwachsenen, Zeit der Dinge. Wäre es anders, würden sie nicht wachsen, sondern immer Kinder bleiben. Tage, Tage, Tage... langsam eignen sie sich ihre Tage an und langsam werden sie erwachsen.

»Mein Kind...« – Mendiverzúa unterbrach seine Gedanken unter Gespinsten von Tabakrauch und suchte nach einer Antwort für El Alhajadito. »Mein Kind, ich weiß es nicht, und auch wenn ich es wüßte, so könnte ich es nicht sagen, denn alles ist Vermutung, Unterstellung, Glaube...«

»Dann Vermutung...« tönte die Stimme von El Alhajadito; die Finger in den Netzen faszinierten ihn, der Tabakrauch nahm ihn gefangen, seine Fäden bildeten ein Teufelsnetz, mit dem man die Gedanken fischte.

»Ah, Vermutung?« schwatzte der Alte und wiederholte den fragenden Ton El Alhajaditos. Zwischen Bart und Rauch der offene und der geschlossene Mund, die fleischigen Lippen; dann die Antwort, die der Alte an Intervallen maß, in denen ihm der gelbe Tabakspeichel durch die Gurgel rann.

Er schluckte und sagte:

»Vermuten wir also ... nein, auch nicht, mein Junge, das auch nicht! Vermuten heißt, sich selber für eine Tatsache nehmen.«

Und dann dachte er bei sich:

Was anderes will dieser Teufelsfrager, als seine Neugier mit meinen Vermutungen stillen!

»Ja, Don Niño«, sagte er dann, »das ist die Wurzel, die Wurzel aller Dinge. Man erkennt den Menschen an seiner Urteilskraft, und deine gehört zu deinem Erbe; o ja, du weißt wohl zwischen Anstand und Aufdringlichkeit zu unterscheiden.«

Nach kurzem Schweigen nahm er die Arbeit an den Netzen wieder auf, und heiter, mit befreiter Stimme fügte er hinzu:

»Seltsam, seltsam, ich so ein großer Meerwolf und du kleiner Mann, ein großer Inquisitor. Alles, was in deinem Haus geschehen ist, willst du wissen!«

El Alhajadito tat so, als ob er einen schwierigen Knoten knüpfen wollte, und näherte sich dem Alten. Er versuchte zu fühlen, ob der bärtige, von Lehm und Wasser überkrustete Heilige mit den buschigen Brauen noch lebendig war. Alles was er ihm auf seine lebendigen Fragen geantwortet hatte, war so tot, entfernt, verschleiert.

»Hierher, mein Kind, hat man einst Schätze über Schätze gebracht, auf hochbeinigen Mauleseln, auf dem Rücken der Indianer oder in Trecks bis zu sieben Jochen. Das war die gute Zeit des Amberbaums und der Zuckerrohrfackeln, die den Schiffen in den Klippenbuchten wie Leuchttürme leuchteten!«

Mendiverzúa entblößte die behaarte Brust unter seinem schmutzigbleichen Hemd, unterdrückte den Seufzer, das Reißen seines gepreßten Herzens zwischen den Rippen und blinzelte mißvergnügt.

»Junge, schneuz deine Nase! oder besser noch, du rauchst den Rotz durch den Mund wie Tabakrauch! Besser, schon von Kindesbeinen an zu rauchen, aber lieber Tabak als den Rotz!«

»Und wo sind diese hinterhältigen Klippen geblieben?« bohrte El Alhajadito, die Hand über den Augen, wie wenn er einen Feind erspähte, den er überraschen wollte. Seine Gebärde verlor sich in der Bewegung seiner Rechten, die einen Angriff mit dem Schwert vollführen wollte, und endete in seinem Kopf, den er zwischen die Schultern zog, wie wenn er jemandem entwischen wollte.

»Im Meer, mein Kind, im Meer ...!« Und er ahmte Mienen und Gebärden El Alhajaditos nach. »Mein Kind weiß mehr als ich ...!«

»Sie leuchteten den Schiffen ...« sagte El Alhajadito mit schwammiger Stimme; die Durchlässigkeit seiner Worte sollten den Alten verleiten, noch mehr Erinnerungen durch das morsche Tuch seines Gedächtnisses zu seihen.

»Ja, sie gaben den Schiffen an der Küste Lichtsignale, lockten sie, das Drehen der Leuchttürme nachahmend, zwischen die Klippen, wo die Erde ein schwieliger Fuß mit Überbeinen ist. Aus dem finsteren Dunst der Nacht tauchten die Schiffe auf, arglos den Lichtern der falschen Leuchttürme folgend, bis sie an den Riffs zerschellten und sanken. Das war der Moment, den die lauernden Alhajados benutzten, um die Ladung zu bergen, bevor das Schiff unterging. So füllten sie ihr stattliches Haus mit Gold, Tabak, Rum, Waffen und Kostbarkeiten. »Alles ging gut«, fuhr Mendiverzúa fort, »bis eines Nachts – verdammt sei sie! – eins der Piratenschiffe in die Falle ging. Im Handgemenge bewiesen die Alhajados, was Männer sind, die der Zorn eines Hurrikans beseelt. Und nach einem Kampf, der die ganze Nacht und den folgenden düsteren nächtlichen Nebeltag währte, ohne daß die Alhajados besiegt wurden, lud sie der feindliche Kapitän zu einem Gespräch. Die Klippen hatten sein Schiff, eine Feuerbrigantine, in Stücke gespellt; doch noch immer ragte es, gehalten von einer seltsamen Kraft, aus den Wellen. Es war kein Piratenschiff. Oder doch, es waren Piraten, kommandiert vom Satan selber. In ihren kampfzerfetzten schwarzen Kleidern – Kleider und Augen triefend von Wasser und Traum – machten sich die Alhajados auf. Wasser aus trockenem Salz, halb biegsam, halb schuppig anzufühlen. Sie bestiegen ein Kanu, umfuhren die Flanke des sinkenden Schiffes, erreichten den Bug und erklommen ein Fallreep, das von bewaffneten Dämonen gehalten wurde. Flinten und Säbel. »Ich bin der Satan«, sagte der Kapitän zu ihnen. »Ja und –« antworteten die Alhajados. »Wir machen einen Pakt ...« erwiderte der Böse, »ihr habt viele Seelen geopfert, ich brauche euch.« – »Genügen euch nicht die Piraten?« sagten die Alhajados. »Die

Seelen der räudigen Hunde, sie gehören mir schon, sie locken mich nicht! Ihr seid eine bessere Beute. Caballeros aus alter Familie, Priester, Nonnen, Bischöfe, adlige Damen, Jungfrauen, alle, die untergehen, wenn die Lichter eurer wohltätigen Leuchttürme sie an die wildeste, einsamste Küste locken, die ich je sah.« – »Das ist unser Beruf«, bestätigte eitel einer der Alhajados, »und ihr habt Vorteile davon, was soll da ein Pakt, du Gegengott!« Der Satan, der sich als Pirat verkleidet hatte, tat einen Sprung. Nicht einmal mit Blasphemie verzuckert mochte er das Wort Gott hören. »Dann werden wir sinken!« schrie er. »Also werden wir sinken!« antworteten ihm die Alhajados und man meint« – Mendiverzúa schöpfte Atem – »daß sie in der Tiefe des Meeres verschwunden sind.«
Die stinkenden Hunde, Hunde der Fischer, fingen Fliegen, die vom Geruch der schlafenden, sonnenwarmen Fische in den Netzen angelockt, über ihre Köpfe, ihre Rücken, ihre Bäuche flogen. Die Hundeköpfe, durch die Belästigung elektrisiert, hoben die spitzen Schnauzen. Zunge und Schlecken zugleich. Und wenn die Fliege zwischen ihre Gier und ihren Atem geriet und halb drinnen, halb draußen in ihren Hälsen schwirrte, sträubten sie sich und schüttelten sich, vollführten Sprünge und Wendungen, bis sie den kleinen, ohrenbrummenden Körper, der ihnen Übelkeit in der Kehle verursachte, verschlungen hatten – rasch zubeißende Jäger.
»Mein Kind, Mund zu, sonst kommt eine Fliege hinein!«
Zu spät. Als El Alhajadito die Zähne zusammenbeißen, seine Lippen schließen wollte, surrte die

Fliege in den Mund. Er konnte sie nicht ausspukken, so sehr er sich Mühe gab. Sie kroch ihm über die ausgestreckte Zunge, unter die aufgerollte Zunge, und heftete sich an das bespeichelte Zahnfleisch, an seine Zähne, die Backenzähne.
Sabbernd schnitt er seltsame, höchst klägliche Grimassen. Hand in den Mund, so weit, daß er beinahe erstickte und sich übergeben wollte. Fühlte er sie? Fühlte er sie nicht mehr? Hatte er sie ausgespuckt? War sie fortgeflogen? Fast hätte er sie zerkaut. Als er sie ausgespuckt hatte, zog er das Taschentuch und putzte Zähne, Zunge, Zäpfchen.
»Ist einer von ihnen wiedergekommen?« wagte El Alhajadito zu fragen. Seine Stimme klang vom Kampf mit der Fliege, der Widerwärtigkeit der Erfahrung, ganz erschöpft – gerade jetzt, da Mendiverzúa sich entschlossen zeigte, in seine »Vermutungen« zu verfallen.
»Alle sind wieder aufgetaucht«, sagte der Alte mit schallender Stimme. »Jeder von ihnen hat sich nach einer Verfügung des Satans in einen Piratenhauptmann verwandelt. Korsaren, Seeräuber, eine große Familie von Alhajados, weit über die Meere verteilt. Nur die Sippe des Milan hat sich häuslich niedergelassen. Sie erwartet die Wiederkehr ihrer Brüder, denn alle werden wiederkommen. Noch sind sie verschwunden, aber von einem Moment zum anderen werden sie wiederkommen. Und deshalb, Junge, bist du weniger ein Alhajado als ein kleiner Milan in einem ockergelben Federkleid, das Haar, der Knochenbau wie bei deinem Großvater ... ah, Großvater, deinem Urgroßvater ...«

»Ich habe geahnt, ich habe gewußt, er war mein Urgroßvater ...«
»Meinen und Denken sind die Quellen unserer Irrtümer ...!«

20

Und so gelangten sie, ein Wort der Alte, eins der Knabe, zu dem kleinen Flur. Mendiverzúa, der nicht wußte, daß er mit dem vermeintlichen Dueño des verstümmelten und nur halbwegs wettergeschützten und so entlegenen Raumes sprach, erklärte, daß der kleine Flur als einziges übriggeblieben war von der Kasematte, in der die Alhajados ihr heiliges Pulver aufbewahrten, das heilige Pulver, das eines feurigen Tages den ganzen Bau in die Luft gesprengt hatte.
»Jahre danach«, datierte der Alte, »als Knall und Feuersbrunst bereits vergessen waren, gaben die Tiritantes – die ›Zitternden‹, wie man sie nannte – an jedem 29. Februar eine Vorstellung. Es war der Tag des Schächers am Kreuz, des Patrons der Schaltjahre, und es war eine Vorstellung zitternder Gaukler, von Puppen mit schillernden Augen und stotternder Zunge, bebend wie Sprungfedern.«
Gegen die Erwartung von El Alhajadito sagte der alte Fischer nichts mehr über den kleinen abgedeckten Raum, das einzige, das von dem Knall und der Feuersbrunst geblieben war, und sprach stattdessen von den Taten des Milan, des seltsamen Alhajado, von dem man sich Dinge erzählte wie zum Beispiel die von der Drachenhochzeit.
»Ein Drache ...?« lachte El Alhajadito ungläubig.
»Jawohl, mein Junge, mit einem Drachen! Es klingt wie ein Märchen, ist aber keines. Eines Tages

war der Milan fortgegangen, und als alle glaubten, er wäre endgültig verschwunden, und weder Diener noch Fischer seine Rückkehr erwarteten, sondern nur wiederholten »er ist verschwunden! er ist verschwunden!«, da hörten sie ein Pferd, sahen es funkensprühend auf den Steinen des großen Patio halten. Der Milan sprang ab, ein schwarzes Licht an der Brust, eine geraubte Frau in der Tasche.«
»Ein Bild ...«
»O nein, mein Kind, eine Frau aus Fleisch und Blut ...«
»In der Tasche?«
»Jawohl, in der Tasche. Sie hieß Índiga. Er hatte sie in der Stadt kennengelernt als sie ihre Pianostunde verließ. Ein hochgewachsenes Schulmädchen von der Sorte, die einen Lilienstengel verschluckt hat. Sie trug eine weiße Bluse über einem Schottenröckchen, den Haarschopf zu einem Zopf geflochten, in dem der Regenbogen mit einer bunten Schleife glänzte, Söckchen an den Knöcheln und Schuhe ohne Absätze mit runder Spitze nach deutscher Art, aus einem deutschen Geschäft, das einem Deutschen gehörte, der mit einer Deutschen verheiratet war.«
Mendiverzúa zündete sich eine schwarze, paffende Zigarre an, strich seinen Fischerbart, den die Spiegelungen auf dem See gebleicht hatten, und ließ sich auf die Treppe des kleinen Flures fallen. Als der Knabe sich neben ihn gesetzt hatte, fuhr er fort:
»An jenem Nachmittag beschloß unser Dueño, der Milan, das Schulmädchen zu rauben und zur Seinigen zu machen. Sie hatte ihre Klasse verlassen und

er verfolgte sie. Die Nachmittagssonne badete sie von vorne. Indiga, vom Sonnenglanz geblendet, gab auf die mysteriöse, schwarzgekleidete Gestalt, die ihren Fersen folgte, nicht acht. Sie merkte nicht, wie die Gestalt ihren Schatten jagte, merkte nicht, wie der Fuß des Milan, der in schwarzen Trauerstiefeln steckte, sich auf einen Teil der kleinen Person setzte, die hinter ihr mitging. Unter dem Fuß des Milans war der Schatten ihres Körpers gefangen und verlängerte sich wie elastischer Talg im Takt ihrer Zöpfe, während sie sich entfernte – und riß. Der Milan hob den Kalbstiefel, der einen Teil des geliebten Schattens gegen den Boden preßte, und nahm das Stück, bevor die Sonne unterging. Er rollte es auf wie schwarzes Chinapapier, zog die Handschuhe aus, steckte es ein, rätselhaft und verschwiegen, und bewahrte es auf dem Herzen.

Und dann«, sagte der Alte mit ruhigem Gesicht hinter dem unsteten Rauch, »verließ der Milan, unser Dueño, die Stadt im Galopp inmitten der funkelnden Nacht, und als er sich wieder auf eigenem Boden wußte, im eigenen Haus, da tat er, was jetzt zu tun war, bevor die schlafende Haut aufwachen und als Schattenschlange zu ihrer Herrin eilen würde.

Die bezopften Diener sahen ihn sprachlos an. Sie trauten kaum ihren Augen.

Einer der Alhajados war, ein schwarzes Licht auf der Brust, nach Hause zurückgekehrt. Er war der erste, vielleicht aber würden andere nach ihm kommen.

Der Milan machte sich an die Arbeit. Er legte drei Gerten aus Korbrohr über Kreuz und band sie in

der Mitte zusammen, sechs Strahlen, einer mehr als die fünf seines Handsterns, und er umspannte sie mit einer dünnen Schnur von Ende zu Ende durch die offenen Kerben der Gerten.
Als das Gerippe des Drachens fertig war, ein Feuerrad ohne Pulver, ein Stern ohne Licht, legte er es auf den lauen Schatten von Índiga und schnitt mit schmerzender Schere ein Sechseck aus. Mit Spucke und Stärkemehl wurde es über den Faden geklebt und gespannt wie ein Tamburin aus klingendem Papier.
Noch fehlten die Bommeln, nämlich die Haare von Índiga. Mit raschen Scherenschnitten wurden sie aus dem übrigen Schatten gefertigt. Bald waren der Schwanz und die Halteschnüre auf dem Rükken des Drachens befestigt, und es schien dem Milan, als habe er Halteschnüre auf dem Rücken seiner Geliebten befestigt. Einige waren im Zentrum fest, zwei andere an den Schultern, an den Enden der langen Leisten des oberen Winkels, gegenüber dem unteren, der den Schwanz hielt, in gleichen Abständen entfernt von den seitlichen Fransen, den leichtgewichtigen Bommeln, die sich in zwei Garben teilten wie ihr Haarschopf.
Es fehlte nichts weiter, den magischen Akt zu vollenden, als daß er den Drachen fliegen ließ, den Drachen aus dem Mädchenschatten fliegen ließ an diesem Abend zwischen Sonne und Mond.
Der Wind nahm unserem Dueño, dem Milan, das Mädchen aus der Hand und hob es über den Horizont. Und wie eine unendliche Binse entließ der Alhajado die Leine aus seinem Herzen.
Die verwandelte Indiga forderte immer mehr Leine. Weiter, weiter, so schnell wie möglich fort von

dem Dieb ihres Schattens. Sie wußte noch nicht, daß ihr Leben mit einer Leine den Händen des Milan verbunden war.

Bald war sie nur noch ein kleiner schwarzer Schmetterling im Hellblau des mondbeschienenen Abends, ein redender Vogel mit dem Haar einer Frau.

»Liebst du mich?« fragte der Milan, und der Drache antwortete aus der Ferne von einer Seite zur anderen nickend: »Aber ja . . . aber nein . . .«

»Wirst du mich vergessen?« fragte der Alhajado mit einem telegraphischen Tippen an die Leine, und der Drache, von einer Seite zur anderen taumelnd, ließ seine Haare im Winde knattern. Der gewichtige Schwanz balancierte sein Kopfnicken und schien seine Mitteilungen zu bekräftigen. Er straffte und dehnte sich wie eine schläfrige Peitsche, wie eine Schlange, und die Halteleinen summten wie gespannte Saiten in verliebtem Wahn.

Es wurde nicht dunkel, und es war gut so; der Mond ersetzte die Sonne. Der eiweißhelle, eigelbhelle Abend dehnte sich aus und verlängerte die Liebschaft des Milan mit dem Drachen.

Endlich verlor die Dämmerung ihre Knochen. Das Fleisch des Himmels an den goldenen Wirbeln der Nacht nahm den Drachen in sich auf. Unsichtbar flog er dahin, unsichtbar wie Índiga fern in der Stadt, Índiga, deren Dasein die Leine nicht hielt, die der Milan, unser Dueño, um seine schwarzbehandschuhten Finger gewickelt trug, als trüge er Hochzeitsringe.

»Índiga«, rief er mit Hilfe kleiner Papierchen, die er die Leine hinaufsandte, »ich kann nicht aufsteigen zu deinem Himmel, komm du herunter zur Erde!«

Am Sternenhimmel erschien als schwarze Silhouette Índigas Haupt, das ihm mit wogendem Fransenhaar ein Ja zunickte.
Eine goldene Rakete erhellte den nächtlichen Himmel. Sie erschien und verschwand im gleichen Moment und ließ die flüchtige Zeit noch flüchtiger werden. Sie verschwand wie die Frauen der Alhajados. Aber Índiga konnte nicht verschwinden, sie war mit einer Leine an ihr Schicksal gebunden. Er hatte sie, hatte sie! Und er begann, sie zu rufen, die trennende und verbindende Leine mit zwei Händen, multipliziert mit zwei, mit vier, mit acht, mit hundert Händen einzuholen und sie unter Rufen herunterzuziehen, bis er sie mit seinen ausgestreckten Armen greifen konnte.
Er schloß die Augen und weinte über dem kalten Fleisch seiner Gefangenen. Die Strähnen ihres Haares rochen nach parfümierten Wasserwolken. Ihr Gesicht papierene Haut. Ihre Knochen feine Gerten, die Schulterblätter, die Beine, die Arme, die Rippen ...
Er brachte sie zur Kapelle des Schächers am Kreuz. Dort kniete er mit ihr nieder und dankte dem Väterchen, das ihm erlaubt hatte, Índiga aus ihrer Welt, ihrem Himmel und ihrer Pianostunde zu entführen, aus ihrer Schultracht, den deutschen Schuhen aus dem deutschen Geschäft eines Deutschen, der mit einer Deutschen verheiratet war – und ihrem Schatten, ihrem nachmittäglichen Schatten zu entführen. Der Drache hatte das Wunder vollbracht. Eine Fiesta mit farbigem Wasser am Tage, mit künstlichem Feuer bei Nacht. Die Bezopften öffneten schimpfend und fluchend die Fenster. Alle Fenster des großen Hauses sprudelten

über von Licht und Raum, von Sternen und Flüchen der kupferhäutigen Diener, die unverändert schlecht gelaunt ihre neuen Kleider und Schuhe einweihten.
Die Tür des Schlafzimmers schloß sich hinter dem Milan und dem Drachen, und alle Gäste zogen sich schweigend zurück. Draußen die Musikanten und das gierige Volk, beinahe krank vor Ungeduld, sich über den Festschmaus herzumachen, über den Rum und die Criollos.
Índiga war jung gestorben. Ihr Lebensfaden war nach einer Nacht durchschnitten, und man sah einen Drachen in den Bettlertümpel fallen, einen großen Schattenfisch, die Flossen wie schwimmende Schuppen, blind nickend im Wasser zum Auf und Ab seines unwirklichen Schwanzes.
Soweit die Legende«, bemerkte der Alte mit seinem Rauch und seinem Bart, seinen kleinen Augen und Ohren, den Backenknochen und den nikotinbraunen Zähnen, »die Wahrheit lautet anders. Als nämlich Índiga starb, da starb sie bei der Geburt eines Kindes, und das war dein Urgroßvater, mein Junge. Die Bezopften schlossen unaufhörlich zitternd die Fenster und alle weinten, als man ihren Leichnam wie eine Schlafende aufbahrte. Und während der Exequien erschien, blind vor Tränen, der Milan, Hände ohne Handschuhe, Haut bis auf die Knochen naß von Todesschweiß und ein Gagatstein wie ein Brot aus schwarzer Nacht an seinem Finger. Er riß die Tote von dem schwarzverhangenen Katafalk aus all den Blumen, brachte sie zum Bettlertümpel und bettete sie mit eigenen Armen in das weichste Bett, das man sich denken kann.

Indiga versank im Wasser wie ein Traum. Und der Milan, unser Dueño, nahm eine Kutte, an die man mit nächtlichem Faden lebende Grillen genäht hatte, die traurig zirpten, wo immer er ging.
Die Trauer hatte ihn verrückt gemacht. In seiner Grillenkutte bettelte er um Almosen auf den Straßen, und auf der Suche nach Indiga verschwand er eines Nachts in den See, den man von da an den *Bettlertümpel* nannte.
Aber er hatte auch noch andere sonderbare Züge, die von seiner Trauer kamen. So sah er Engel, die durch andere Engel hindurchgingen, wie Wolken mit entgegeneilenden Wolken zusammenstoßend, ohne sich in ihrer Eile aufzuhalten. Engel durch andere Engel schreitend – das war für ihn das Bild der reinsten Poesie. Aber einer dieser Engel hatte sich verirrt, und blindgeworden – denn das Erdenlicht ist tiefe Dunkelheit für Engel – hatte er einen Menschen für ein englisches Wesen gehalten und war durch seinen Körper geschritten. Und weder Mensch noch Engel waren geblieben, was sie vorher waren. In dem Menschen griff das Engelhafte um sich, nämlich die Poesie, und der Engel trug die Botschaft der menschlichen Prosa zum Himmel.
Komm mein Kind« – der Alte hob den Jungen auf vom Rand des kleinen Flurs, wo sie saßen – »eine Aufzeichnung des Milans, seine eigenhändige Schrift befindet sich in der Kapelle des Schächers, in die vor vielen Jahren der Satan kam, um die Messe abzuhalten. Aber glaube nicht, daß er rot gekleidet war und Schwanz und Hörner hatte, nein, er kam als Priester in einer großen schwarzen Ca-

pa, einem kohlschwarzen Hut und Schnallenschuhen, das Brevier in der Hand und keusche Grimassen im Gesicht.«

El Alhajadito folgte ihm bis zur Kapelle. In einer Schublade der Sakristei, in der es nach verbrannten Kerzen duftete, entdeckten sie ein Pergament mit den Aufzeichnungen des Milan.

Bevor Mendiverzúa sie ihm vorlas, verriet er dem Jungen, woher sie stammten. Ein Vorfahr hatte sie ihm gegeben, »Mastuerzo, das ›Vieh‹, wie man ihn nannte, man weiß nicht, ob wegen seiner Gestalt oder wegen eines bösen Zufalls, vielleicht auch nur, weil er in seinem Wesen so verdreht war wie eine Stahlfeder.

Und so lauten die schwer lesbaren Zeilen auf dem Pergament:

...wo traumverhangene Schlüfte sich lösen. Wo man die alte Liebe im Glauben an eine neue vergißt. Wo Straßen in Straßen münden, und die Gegenwart unter den Stößen der Luft vergeht, verwandelte Angst der Dinge, die zu sich selber kommen. Wo die Dunkelheit, in ewiger Reife gefangen, Nacht für Nacht die bleichen Treppen umgeht, die zur Gewöhnung an Blumen und Bäume führen. Wo sich die Erde nach Norden aufmacht, gewiesen von der Magnetnadel der Vögel und ihrer melodischen Präzision im diamantenen Licht. Wo sich das draußen Erreichte drinnen belebt durch Gegenüberstellungen, die sich in loser Folge von innen nach außen ergeben, niemals von Planung erfaßt. Wo die Lilie sich einsam weiß unter Lilien, die sich vor Ankunft des Winters mit dem Tode verschworen, helldunkle Samenkerne und glückliche Sommertäuschungen tauschend. Wo es Zei-

chen von Überlebenden gibt, wo sich Hunger und Durst der Erde versammeln, um Menschen, die keinen Hunger leiden und keinen Durst, die Menschen der ökumenischen Städte zu begrüßen ..«

21

Eine Kette von kindlichen Schritten fesselte ihn an den kleinen Flur. So oft war er dort hingegangen und selbst die Erinnerung an die Male, die er es versäumt hatte, band ihn fest. El Alhajadito schmeckte Zuckersirup auf den Lippen wie an jenem Morgen, an dem er den kleinen Flur entdeckt hatte, den einzigen Ort des Hauses, der keinen Dueño hatte, der völlig verlassen war, den er sein eigen nennen konnte. Und das war er geworden. In seiner Einbildung zwar, aber dennoch sein eigen. Was anderes ist der Besitz als Einbildung? Imaginativ hatte er den kleinen Flur in Besitz genommen. Niemand bestritt ihm das Recht, das seine Phantasie ihm erworben hatte. Auf was beruht der Besitz, wenn nicht auf Einbildung? Mein und dein und sein – die reine Phantasie. Und sein. Das war er jetzt nicht mehr. Denn man verliert seinen Besitz, wenn man ihn vergißt. Er lief nicht mehr zu seinem kleinen Flur, um den Spalt zu suchen, der zu dem Geheimnis führte, auch wenn er noch weiter glaubte, daß sich dort der Eingang zu den Gewölben befände, die das Haus mit dem versunkenen Friedhof auf dem Grunde des Bettlertümpels verbanden.

Er hatte lange gesucht. Die wiederkäuenden Mägde ließen ihn nicht schlafen. Sie schwatzten in der Küche, aber sie ließen ihn nicht schlafen. Mit Hilfe Surilos, dessen massige Mannsgestalt über eine Reihe überzähliger Muskeln verfügte, die ihn zu den brutalsten Arbeiten befähigten, wurde in dem angrenzenden Schuppen alles Bewegliche beseitigt. Die Fässer mit der Asche und den Münzen, einige große Ledersäcke, die Sand und Metall enthielten, zernagte Quittungen über Kaufverträge und Warenlieferungen. Mit dem Lachen eines, der seine Kräfte spielerisch mißt, befreite Surilo die Winkel, auf die El Alhajadito ihn wies. Dann fegte er den Boden sauber, damit der kleine Dueño das Ohr darauf pressen konnte.

Der doppelte Donner eines Dürregewitters durchbrach das Schweigen um ihn her. Vage Konturen von Stämmen und Zweigen breiteten sich an der Grenze der Dämmerung aus wie Baumphantome zwischen wirklichen Bäumen, und vage Hügel wie ferne Schatten der wirklichen massigen Hügel.

Er ging nicht mehr zu dem kleinen Flur. Surilo bewachte ihn für ihn. Eine monströse Gottheit. Gab es eine bessere Bewachung für sein Besitztum? Früher hatte er es betreten, um mysteriöse Ein- und Ausgänge zu entdecken, die aber lagen jetzt an der vagen Grenze zwischen Abend und Nacht, wo Dinge, die uns erscheinen, auch wirklich sind und wieder nicht sind, wo sie das Unsichtbare verkörpern, das weder im Licht noch im Schatten zu sehen ist, das man nur im Halbdunkel ahnen kann. Gegen den heimlichen Widerstand der wirklichen Formen wiederholten sich in dieser Stunde die unwirklichen Formen. Alles fiktiv, illusorisch, und dennoch dem Auge gewiß. Tangbecher, winzige Bäume, Silhouetten von Hügeln, Portalbögen, Türme, Fenster, steinerne Umwallungen, Tiere, Fischer und Bauern.

Wie war es möglich, daß so viel Wirklichkeit in so viel Traum einmündete?
Und Traum der Träume, Traum, der die Gekreuzigten in der Kapelle umkreist, den Schächer inmitten der anderen, die ebenfalls Träume waren, gleich den tellurischen Dienern, jenen bezopften Steinen, die wach auf die Wiederkehr der verschwundenen Alhajados warteten.
Sein sonnenwarmer Lockenkopf ruhte unbeweglich auf seinen Schultern, und es wurde dunkler. In seinem traurigen Gesicht die Augen regungslos, lagunengleich, getränkt vom Liebesnektar seines Blutes, die Augen eines Jünglings.
Die Fischer wollten ihn zuerst nicht mitnehmen, nahmen ihn dann aber doch. Es war gefährlich. Aber sie nahmen ihn diese Nacht mit hinunter zum Ufer des Bettlertümpels.
Wo war der Mond? Am Himmel? Im Wasser? Wer ließ ihn steigen? Man sah es nicht. Der Milan?
Die Pupillen von El Alhajadito ließen den wimperverhangenen Blick über die Oberfläche und in die Tiefe gehen. Ein Doppeldrache aus altem Goldpapier. Ob der Milan vom Himmel her den Drachen im Wasser betrachtete? Ob der Milan vom Wasser her den Drachen am Himmel betrachtete? Ein runder Doppeldrache aus altem Goldpapier mit Indigas Zügen, wie ein zu Eis gefrorenes Kaninchen.
»Unmöglich, Don Niño, unmöglich! Ganz oben würden Sie sehen, daß er sich immer weiter entfernt, je höher Sie stiegen. An den Leinen der Wege stiegen die Sterne.
Unmöglich, Don Niño, unmöglich, Sie würden er-

trinken, selbst im Taucherhelm. Und Sie würden bemerken, daß die Tiefe des Wassers unter den Füßen mit der Höhe des Wassers über den Schultern zunimmt; nie würden Sie den runden, bart- und flossenlosen, goldenen Drachen mit seinem lachenden Mund und den kleinen Augen erreichen. Die Spiegelungen sind die Leinen. Man senkt ihn ins Wasser und läßt ihn fliegen. Surilo holen? Um ihn an einem Luftballon in den Himmel zu schikken, damit er den Drachen einfinge? Um ihn an einen Fisch zu binden, damit er den Drachen aus der Tiefe des Sees heraufhole? Das geht nicht, Don Niño, das geht nicht. Weder der Luftballon würde den Drachen erreichen, auch wenn er sehr hoch zu den Wolken und Sternen stiege, noch der Fisch, der bis auf den Grund schwämme.
Und der Krater? Wissen Sie nicht, was geschehen ist? Dort ist die Glocke des Schächers geschmolzen, die selber die Nachahmung eines kleinen Vulkans darstellte. Aber wenn Sie es wissen, warum fragen Sie? – Nein, ich weiß nicht. – Warum bewegen Sie den kleinen Kopf so seltsam von hinten nach vorne, als ob Sie es wüßten?«
Zu der Geschichte der beiden goldenen Drachen kann man auch die von der Glocke des Schächers erzählen, ohne Gefahr, Verwandlungen zu bewirken, all das zu verwandeln, was man des Nachts, wenn man schläft, verwandelt und wenn man sich von seinem Traume trennt.
Jemand weint... wer weint...? Es weint in den Schränken, den Möbeln, den Winkeln der Sakristei. Zuerst nur sie, die eine. Dann weinen alle und schneuzen sich ohne Ende; auf ihren kleinen blassen kalten Gesichtern die warme Kaskade des Wei-

nens. Eine weint stärker. Sie ist es nicht... oder doch, sie ist es, sie hatte die Weihgefäße in Verwahrung, den goldenen Räucherkessel, den man nur am Tag der Immaculata gebrauchte. Sie erhielt die Ölung und dämmerte fort, gesträubte Haare, ein nicht endendes Zittern, dann hörte das Röcheln auf. Den goldenen Räucherkessel Unserer Lieben Frau mit neun Engelköpfchen am Schaft und verschlungenen Engelflügeln, die den Topf bildeten, in den man mit Liebe und Umsicht Glut von der feinsten und härtesten Holzkohle legte, Kohle, die kaum Asche macht, und Weihrauchkrümel und Myrrhe. Der Räucherkessel, der nur am Tag der Immaculata aus seinem Sandelholzkasten genommen wurde, verschwand an diesem Dezembertag unbemerkt aus dem großen Schrank mit den beiden knirschenden Türen, die man nicht öffnen konnte, ohne daß ihre Angeln zu seiner Verteidigung heulten wie wütende Hunde. Jedesmal wenn man die verwitterten, mächtigen Mahagonitüren öffnete.

Wer konnte ihn fortgenommen haben? Nur die Nonnen hatten Zugang. Der Orden befahl den Novizen jede Nacht eine Geißelung auf ihre Begonienrücken und den Nonnen endloses Fasten, Gebete, Kommunionen, Rosenkränze und Sanctus, doch alles umsonst, der Räucherkessel tauchte nicht wieder auf.

Der Satan, hieß es. Doch sogleich wurde dieser Verdacht wieder verworfen. Unwahrscheinlich, daß der Gottseibeiuns selber in die Sakristei gedrungen wäre, ohne einen Geruch nach verbranntem Holz und angesengten Kleidern zu hinterlassen.

Höchstens noch ein Engel, ein Engel, ein Engel ... wiederholten sie einander, um sich in ihrem Schweigen, ihren Kasteiungen und ihrem heimlichen Schluchzen zu trösten – denn Weinen um irdisches Gut war ihnen verboten. Irdisches Gut gefährdete, auch wenn es kostbar war, die Rettung der Seele, des einzigen Gefäßes, das würdig genug war, den erhabensten Weihrauch zu fassen.

Der Engel des Herrn, wiederholten sie sich und trösteten sich über den unersetzlichen Verlust des goldenen Räucherkessels. Er war nicht gekommen, um ihn zu stehlen, sondern hatte sein Eigentum abgeholt, um der Jungfrau im Himmel zu räuchern.

An duftender Küste, am Fuß des Gebirges, dort wo die Glocke des Schächers schmelzend im Krater lag, stiegen die Alhajados aus ihren Piratenschiffen. Sie waren gekommen, um die metallische Lava, in der die große Glocke lag, anzureichern, indem sie Barrengold, Münzen und Schmuck in den Schmelztiegel warfen. Und mit ihnen in steigender Schattenprozession waren die anderen gekommen, um ihre ärmeren Gaben abzuliefern. Einer warf seinen Ehering in die Schmelze, deren Schimmer den Himmel rot beleuchtete, ein anderer einige Silber-Escudos an Fransenschnüren mit Perlen und Regentropfen; ein dritter warf einen goldenen Ring, schmal wie die Mondsichel, hinein; ein weiterer einen Mantelsack voller Goldstaub, und wieder andere einen Teller, eine Tasse, einen Löffel aus Silber, ein Kreuz, ein Armband, eine Krawattennadel, ein Halsband, das so gearbeitet war, daß sich das harte und glänzende Metall in einen Saft aus Mate-gold verwandelt hatte.

Der Milan wollte den Drachen hinunterwerfen,

den Mond in die Hölle werfen, in der die Glocke des Schächers schmolz, doch gelang es ihm nicht. Da stand er, die Leine der Wege, die Leine der Spiegelungen in seinen kalten behandschuhten Fingern. Und oben und unten, am Himmel und im Wasser, flog der doppelte Drache, von der Leine befreit ohne Verbindung mit seiner gelben Person. Da schüttelte ihn ein Gelächter. Aschenzähne. In die Leinen verwickelt fand er etwas, was er nicht erwartet hatte. Was war es? Unglaublich. Unglaublich, daß es einen Drachen solcher Gestalt geben sollte. Auch wenn es möglich war. Von wo aber war er herabgefallen, wie hatte er sich in diese verwaisten Leinen verwickelt, denen der Doppeldrache entflogen war, das wirkliche und das geträumte Doppelbild von Índiga? –

Die Schatten warfen ihre Weihegaben in den Kraterherd. Der Milan beschleunigte seine Schritte. Aber ach; er blieb am Harz der Pinien kleben. Die Sternenfeuchte, die Gold ausweint, ließ ihn nicht weitergehen. Bald spürte er es. Índiga in den Pinien. Índiga hielt ihn mit ihrem goldenen Weinen fest. Der Milan sprach zu ihr, da ließ sie ihn gehen. Mit großer Mühe gelangte er bis an den Rand der großen Schmelze und warf hinein, was er hatte, ein Etwas, das ihm jemand an Stelle des Drachens an seine Leinen gebunden hatte wie ein Stück Mond.

Es dämmerte. Der violette Alptraumschimmer erlosch, und man hörte es still werden. Nur der Morgengesang der Vögel, der Cejijuntos, der Plumarralas, der Paticiervos, der Picosolos und der Tetetes.

Der Milan hatte die kostbare Gabe, die er in Hän-

den trug, in den Krater fallen lassen, wo die Glokke des Schächers schmolz. Und im Fallen hatte sie das Geräusch eines niedersteigenden Drachens mit windgeschüttelten Flossen verursacht. Da war er mit seinen Aschenzähnen in ein Gelächter ausgebrochen und nach unten an den See zurückgekehrt, wo das Leuchten der Morgenröte zwischen grünlichen Schatten und träumerisch silbrigen Algen auf dem Wasser schwamm.
Man zog die halb geschmolzene Glocke aus dem Krater des Vulkans und brachte sie zu einem Turm, nahe der Kasematte, wo sie zu aller Bewunderung ausgestellt wurde. Hier blieb sie, bereit, zu Ehren des materialistischen Schächers am Kreuz geläutet zu werden, der das Paradies leugnete, zu Ehren unseres wirklichen Herrn und Väterchens ...
Am 29. Februar, dem Tag des Schächers, sollte sie zum ersten Male läuten, und schon strahlte sie im Schmuck ihrer dreizehn Dornenkronen. Ein riesiger umgestülpter Kelch, gefangen in Dornen, so sah sie aus. Ihr Klang befreite sie von den Dornen. Beim ersten Schlag des Klöppels an ihren Körper aus Bronze und metallischer Lava fielen die Dornen ab. Und die Rosen, die vor dem Erklingen verborgen waren wie der Klang selber in ihrem Metall, die Rosen blieben.
Alles war zur feierlichen Einweihung gerüstet: Das Feuerwerk, die Tänzer, die Zeremonien zu Ehren des Gekreuzigten, der ein Aschenlachen lachte und mit Aschenzähnen das Paradies des erschienenen Heilands verlachte.
Die Stimmen der Menge wurden leiser. Von neuem wuchs um sie wie ein sich sträubendes Gefieder das dumpfe Murmeln im Atem des Schweigens.

Jeden Augenblick konnte die riesige Glocke des Schächers, ein kleiner Vulkan, erklingen. Alle hoben geschwind wie fliegende Drachen die Augen über die Bäume, den Horizont, und blickten auf den Turm, der sich neben der Kasematte erhob, in der man das Pulver aufbewahrte.
Der Klöppel verlängerte sich über das Zugseil bis in die Hand des Glöckners, die von der Erregung über das erste Läuten wie steifgefroren war. Von einer Seite zur anderen zog er die mächtige hängende Zunge der Glocke und wagte nicht, die klingenden Oberflächen des ungeheuren Metallbechers zu berühren. Sein alter Glöcknerleib nahm einen Schwung, um einen ersten, vollen, sonoren, tiefen, überzeugenden Ton zu erzielen. Der Klöppel gewann an Kraft, erlangte gleichsam den Willen, gegen die Glocke zu schlagen und mit dem betörendsten Läuten ihr jungfräuliches Klangfleisch zu durchstoßen. Unabhängig vom Glockenseil, vom Willen des gierigen Glöckners, der sich mit trockenem Mund an dem Knoten in seiner Kehle verschluckte, schlug der Klöppel, durch eigene Trägheit bewegt, mit dem Gewicht eines männlichen Gliedes, mit dem Phallus des Schächers an den goldenen Rand, den großen Mund der Glocke, die von diesem Augenblick bis in Ewigkeit an jedem neunundzwanzigsten Februar zum Ruhm des Patrons der Schaltjahre ihre Lobpreisungen aus Metall und Lava singen sollte.
Die Menge erstarrte. Den Blick auf den Turm gerichtet, waren alle gewiß, daß der Klöppel die Glocke angeschlagen hatte, zugleich aber auch alarmiert von der Möglichkeit, daß sie ertaubt wären, denn es war nichts zu hören.

Der Glöckner schlug den Klöppel von einer Seite zur anderen mit der Kraft eines wütenden Irren – und nichts. Es gab keine Glocke, es gab kein Metall, der steif aufgerichtete männliche Teil schlug nicht an das weibliche Fleisch der Glocke. Die Schläge verloren sich in konturloser Watte.
Es war unmöglich! Der Glöckner traute seinen Ohren, den behaarten Löchern in den großen Muscheln, nicht. Vielleicht überhörte er das Läuten, weil er zu nahe stand? Vielleicht war er betäubt von den tiefen Schwingungen der heiseren Klangkaskaden? Er blickte vom Turm hinunter und sah, wie die Leute sich in Erwartung der Glockenrufe zornig beschwerten. Sie schwenkten die Hüte und Hände, weil es nicht anfing; noch ungeduldiger zeigten sich die Feuerwerker mit ihren sprühenden Fackeln, sie warteten auf das Läuten, um die Raketen loszulassen; ähnlich die Musiker mit ihren schon lange gestimmten Instrumenten und die als Jaguare, Leguane, Eidechsen, Schildkröten und Schlangen verkleideten Tänzer.
Die Nachricht brachte sie aus der Fassung. Alle stürzten den Turm hinauf. Stufen, Drängeln, Stöße, Ellbogen, Beschimpfungen, Wut einer steigenden Sturzflut.
Der Glöckner lag halb betäubt unter dem leeren Rund der großen tauben Höhlung. Eine Leichenfeier. Das Seil in seiner schwieligen Hand war gerissen. Die ersten, die den kleinen Raum erreichten, den die Glocke fast völlig einnahm, stritten sich um das Ende des Seils und schwangen den Schlegel gegen die Glocke. Doch er erreichte sie an keiner Stelle, er stieß nicht an, verlor sich im Leeren. Jeder einzelne, der es geschafft hatte herauf-

zukommen, ergriff das ausgefranste und von Todesschweiß durchtränkte Seil und warf den Phallus des Schächers von neuem gegen die schuppige Oberfläche im Innern des großen stummen Mundes. Es war unglaublich, daß trotz der Hammerschläge, die der oder jener oder ein dritter, dem anderen jeweils das Seil entreißend, der Glocke gab, – unglaublich, daß der diamantene Blitz ihrer Stimme, in doppelten Donner gehüllt, nicht erschien.

Unglaublich. Taub! Eine taube Riesin . . .!

Wer nicht weinte, betrank sich, die anderen schwiegen und litten an der Erniedrigung einer Glocke, die statt zu läuten wie ein Saugnapf allen Lärm aus der Umgebung sog, den Lärm der Fliegen, den Chor der Kröten, das Zirpen der Grillen, die sehr überrascht waren, daß sie ihre mit Lichtgeschwindigkeit vibrierenden Flügel nicht hörten.

Die Nachricht verbreitete sich, und es erinnerte sich jemand an das Lachen der Aschenzähne des Milan, der etwas Drachenähnliches an vier Ketten in den Schmelztiegel des Kraters geworfen hatte, dort wo die Glocke schmolz.

Woher aber hatte er es genommen, wenn der runde Doppeldrache mit dem Gesicht Indigas so hoch am Himmel segelte und so tief auf dem Grunde des Sees – zwei für ihn unerreichbare Bilder? Er konnte mit seiner Leine nicht über sie verfügen, keine Verbindung halten, ihr keine Botschaften senden und zu ihr reden, während sie mit dem Kopf antwortete, den der Flossenschopf und der gewichtige Schwanz einrahmte. Es gab keinen Weg mehr für ihn. Er hatte nicht mehr die Leine, die den Mond nach außen festhält, nicht mehr die Lei-

ne der Spiegelung auf dem Wasser, die Silberleine, die ihn nach innen zieht.
Männer und Frauen rieben sich die Nasen, feuchte und warme Löcher von Leuchtern. Und als sie wieder aus vollen Lungen atmen konnten, spürten sie den Duft, den die Glocke anstelle des Klanges verströmte, wenn sie geläutet wurde.
»Weihrauch...! Myrrhe...!« riefen sie und je rascher der Glöckner die Schläge des irren, blinden, rasenden Klöppels folgen ließ, desto stärker duftete sie. Es schien, daß sie viel mehr als eine Glokke, nämlich ein ungeheures Weihrauchgefäß war, das kopfüber an goldenen Ketten hing, ein Räucherfaß mit schwarzverkohltem Innern und der lebendigen Glut des Kupfers, das leuchtende Flekken über seine kurvigen Oberflächen verteilte.
Wer hatte den Nonnen den Räucherkessel entwendet, um ihn in den Schmelztiegel zu werfen, in dem die Glocke des Schächers schmolz?
War um Mitternacht der Mond-Drache in den großen duftenden Mahagonischrank eingebrochen und hatte mit Índigas Händen den goldenen Kessel geraubt?
War es Índiga gewesen, die ihn danach in das Wasser des Bettlertümpels geworfen hatte, damit er dem Milan in die Hände fiele, der sich über den Verlust des Drachens nicht zu trösten vermochte?
»Das sind Fragen, mein Kind, Fragen. Fest steht, daß die Glocke des Schächers, die man am 29. Februar schlug, nicht läutete, sondern duftete wie ein Räucherkessel.«
El Alhajadito wagte sich vor:
»Und wo ist diese duftende Glocke?«
»Ah mein Kind«, antworteten ihm die Fischer, »sie

ist mit dem Turm, mit allem in Stücke gesprungen, damals, an dem Tag, da das heilige Pulver die Kasematte in die Luft gesprengt hat, da wo jetzt Ihr kleiner Flur liegt.«
Die Fischer taten so, als ob sie ihn ernst nähmen. Er war so süß, ein gelbliches Marzipanfigürchen in schwarzen Kleidern. Und deshalb ohne Zweifel bedrückte es ihn, nach Hause zu gehen, wo die Diener mit den tausend Zöpfen ihn noch immer behandelten wie das Kind, das sie als Baby gehütet hatten. Damals krabbelte er noch auf vier Beinen, zog ein Beinchen nach und richtete sich mit dem anderen auf, umfallend und wieder stehend mit Hilfe der schweren alten Möbel die ersten Schritte zu tun. Den Stößen des feinen Fleisches gegen das harte Holz folgte Schreien und Weinen, wenn ein Bezopfter zu sehen war; wenn er aber unbeachtet gefallen war, hatte er rasch den Daumen in den Mund gesteckt und gelutscht und gelutscht, bis der Schmerz nachließ, mochte er noch so groß gewesen sein. Und manchmal hatte das Daumenlutschen nicht nur den Schmerz, sondern seinen ganzen Körper eingelullt, und dann schlief er wie eine vergessene Puppe.
Wachsen. Sich selbst verlassen, das eigene Selbst, das der kindliche Organismus in Potenz bewahrte. Und wie Pflanzen ihre Stengel und Zweige schießen ließen, so mochte sein Kindeskörper ihn aus sich herauswachsen lassen in eiliger Adoleszenz. Wenn er ein Pferd ritt, fühlte er sich als Riese: Erst ein Getümmel in der Umgebung und später, als er begann, seine Jugend zu fühlen, Jagden auf Wild, die Luntenflinte in der Hand.
Die Alhajados waren wiedergekehrt. Die Herren

des Hauses waren zurückgekommen. So sprachen die bartlosen Bezopften zu allen, wenn sie El Alhajadito auf einem Rappen, die Flinte geschultert, zur Jagd reiten sahen; wenn sie ihn knien und sich vor dem Schächer bekreuzen sahen; wenn sie bemerkten, wie er im Hause verkehrte, mit ihnen sprach, über alles lachte, kurz: lebte, wie seine Ahnen gelebt hatten. Nach dem Verschwinden des Milan stand für das Gesinde fest, daß die Alhajados, mit Ausnahme des Milan, der mit Índiga auf dem Grunde des Bettlertümpels schlief, wiederkehrten. Die Spiegel meidend, kehrten sie wieder im Wesen des jungen El Alhajadito, in seinem Geschmack und seinem Benehmen, in seinen Vorlieben, seinem Augenzwinkern oder in der Art, wie er die Locken aus der Stirne wischte, um sie wie Korkenzieher hinter die Ohren zu legen.
All das Reden und Widerreden um El Alhajadito, der ein Abbild seiner Eltern und Großeltern, seiner Onkel und Großonkel war, änderte nichts. Das große Haus belebte sich wie gewöhnlich in Erwartung der Wiederkehr der Verschwundenen. Eßzimmer, Schlafzimmer und Salons erwarteten sie. Die Diener handelten, als ob sie Nachricht von der Wiederkehr der betrauerten Gestalten hätten. Abend für Abend richteten sie die tiefen, geräumigen, schweigenden Federbetten, nicht ohne im Sommer einige Scheiben duftender Hölzer hineinzulegen, die das Herz vor Erinnerung springen ließen, und Steine im Winter, warme Steine, die man aus der Herdglut nahm. Abend für Abend entzündeten sie Kandelaber und Lampen, bis das ununterbrochene Brennen die einsamen Lichter löschte. In den Küchen bereiteten sie das Essen

nach allen Regeln der Kunst, als ob die soeben eingetroffene Herrschaft mit ihren Gästen sich augenblicklich zu Tische setzen würde. Die Weine, das kalte Wasser, die taufrischen Früchte, die Kästen mit den Habanazigarren, Liköre, Kaffee...
Nur in dem kleinen Flur wartete niemand auf eine Wiederkehr. Von hier waren alle für immer fortgegangen. Als letzter El Alhajadito.

Zweiter Teil

Man muß lange gehen. Weder das Auge noch das Meer reichen so weit, und so weit sind wir gegangen. Unter den Sternen, die mit dem Sand am Strande verglichen groß erschienen, hatte der Pfarrer gepredigt. Nachts, nach geendigter Predigt, war sein Gesicht starr wie ein Fels geblieben. »Pfarrer« nannte man diesen Vogelmenschen, weil er vom Bischof ernannt worden war, die Gemeinde vom Ort unseres Aufbruchs bis an diesen Strand zu führen, den weder Sicht noch Meer erreichten.
Der Pfarrer war taub, aber wir redeten leise mit ihm, denn so verstand er uns besser. Taub für schrille Stimmen, für unangenehme Klänge, für Schreie und kreischenden Lärm. Der Pfarrer war blind, doch wir schauten ihm in die ruhigen, lächelnden Augen, und er sah uns. Blind für bösartige Blicke und künstliche Sterne und für die Gebärden des Zorns oder Mißmuts. Der Pfarrer war fühllos, gestorben für alle, die ihn nicht liebten, tot wie Stein und unempfindlich für Wunden, Schläge und Reize, aber wir wärmten die Hände in unserem Atem, um ihn zu berühren, damit er uns fühle.
»Wer seid ihr?« fragte er. Und wir antworteten leise, damit er uns hörte:
»Wir sind . . .« denn wir wollten ihm nicht bekennen, daß wir nicht genau wußten, wer wir waren, und ihn nicht fragen müssen, ob er es wisse.

Man muß lange gehen. Weder das Auge noch das

Meer reichen so weit, und so weit sind wir gegangen. Unter der Sonne, die mit den Sternen verglichen groß erschien, hatte der Pfarrer gepredigt. Und als er geendigt hatte, war sein Gesicht erstarrt wie ein Felsen am Meer.
Wir schauten in seine ruhigen, lächelnden Augen und sprachen zu ihm mit schmeichelnden Worten und wärmten die Hände in unserem Atem und begrüßten seine dürren Arme.
»Wer seid ihr?« fragte er uns.
Und wir antworteten leise:
»Wir ...« denn wir wollten ihm nicht bekennen, daß wir nicht genau wußten, wer wir waren, und ihn nicht fragen müssen, ob er es wisse.
Eine Nacht und einen Tag nach unserem Aufbruch sahen wir ein Schiff vorüberziehen. Wir konnten nicht sagen, ob die Fläche, auf der es fuhr, Luft oder Wasser war. In trügerisch hellem Nebel glitt es dahin. Die Segel an seinen unbewimpelten Masten vom Weinen geschwollen. Und seine Brücken entlang bewegten sich Lichter, wie um die eben eintreffenden Passagiere zu empfangen oder eine verbotene Ladung an Bord zu nehmen. Mehr haben wir nicht gesehen und nicht erfahren. Der Schatten eines Schiffes im Nebel. Dafür waren wir so weit hergekommen.

Früher wußte ich nicht, wer ich war, und auch heute weiß ich nicht, wer ich bin, doch ich glaubte, unter der Mannschaft des Schiffes den Pfarrer erkannt zu haben. Er ißt nicht, er spricht nicht und arbeitet wie ein Neger. Das ist er. Er hatte uns mitgenommen, um das Schiff vorüberfahren zu sehen. Er muß etwas mehr von den Dingen wissen, die in jener Nacht geschahen. Damals, nach geendigter Predigt, war sein Gesicht erstarrt wie ein Felsen am Meer. ›Pfarrer‹ nannten wir diesen Mann, diesen Vogelmenschen, weil er vom Bischof ernannt worden war, die Gemeinde vom Ort unseres Aufbruchs ...

Allmählich waren die Lieder verstummt und das Schnarchen der Mannschaft ahmte den Schlag der schlafenden Wellen am Rumpf des Schiffes nach, das unbeweglich dahinglitt. Die Nacht auf dem Meer ist so geräumig, daß ein Schiff dahinfährt, ohne daß man eine Bewegung bemerkt.

Ich traf den Pfarrer neben dem Vordermast. Seine Augen waren ins Unermeßliche gerichtet, seine Hände schlaff, der eigenen Schwere überlassen.

»Pfarrer ...!« und meine Stimme ließ ihn erschauern und zittern, – »was machst du hier ...?«

»Ich bin der Kapitän des Schiffes ...«

Seine Antwort verwirrte mich.

»Wohin fährst du, oder vielmehr, wohin fahren wir?«

»Wir fahren nicht, wir kommen ...«

»Dann also, woher kommen wir ...«

Sein Gesicht war starr wie ein Felsen. Er antwortete nicht.

»Pfarrer ...!« – es war wohl so viel Zeit verstrichen, daß er mich völlig vergessen hatte, meine Stimme jagte ihm einen Schauer über den Rücken und ließ ihn beben. – Wenn du der Kapitän bist, sage mir, welche Route wir fahren? Wo liegt unser Ziel? Wie heißt der Bestimmungshafen?«

»Wir haben weder Route noch Bestimmungshafen ...«

»Aber ein Ziel deutest du an ...«

»Fahren ...«
Sein Gesicht war anzusehen wie eine metallene Stadt vor einem fernen Gewitter. Der Wind verwundete unsere salzigen Lippen und der Schlaf schloß uns die Augen.
»Pfarrer ...!« – wieviel Zeit war in der Sekunde verstrichen, die er brauchte, um mich zu hören, die Kälte schüttelte ihn, er bebte. – »Erinnerst du dich, daß wir und andere, die ich nicht kannte, von denen ich nicht einmal wußte, ob es sie gab, ein Schiff vorüberziehen sahen, ein nebelverhangenes Schiff, wir wissen nicht wo, wir wußten nicht wann ...«
»Und warum fragst du dann, was wir auf dem Meere tun ...? Damals ist es so fern vorübergefahren ...«

Die Schiffsleute waren bis zu den Zähnen tätowiert. Bei diesen Bestien mit ihrem berstenden Lachen hatte ich erfahren, daß der Pfarrer selbst das Schiff geheuert hatte, das uns schlingernd trug und schon seit einer Weile ziellos dümpelte.
Nacht für Nacht traf ich ihn am Vordermast wie einen Blinden, der ins Unermeßliche schaut, die Augen aufs Meer gerichtet, die Hände auf der Suche nach Grund mit dem ganzen Gewicht zweier Anker. Unsere Körper fürchteten, er wäre ein Geist und brächte uns auf seinem Schiff, das ohne Steuermann fuhr, an einen Ort, wo unsere armen Träume sich anschicken, Wirklichkeit zu werden.
»Pfarrer ...«
Und der Pfarrer hatte sich in das Meer verwandelt, einen Riesen mit Füßen aus Sand. Wir blickten in seine ruhigen, lächelnden Augen, damit er

uns sähe, und sprachen ganz leise zu ihm, damit er uns höre:
»Pfarrer, sag, wo fahren wir hin . . .?«
Er antwortete nicht. Sein Gesicht war wie eine ausgelöschte Stadt.
Gestern abend haben wir ein Schiff vorüberfahren sehen, das keine Lichter hatte, weder backbord noch steuerbord, und wir hätten geschworen, daß es ein Totenschiff war, das ziellos dahintrieb, möglicherweise das Schiff, das wir suchten, wenn wir nicht dank des Windes eine menschliche Stimme vernommen hätten. Sie kam von der Gallionsfigur herauf, eine süße, klagende Stimme.
»Ihr Sterblichen«, sprach sie, »wie anders ist der Schatten des Todes als das schimmernde Dunkel der Nacht!«
Und keiner der Unsrigen rief:
»Wer bist du?«
»... Wer...« – es klang wie ein Echo, und nach einer langen Pause antwortete sie:
»Wer ich bin...? Ich weiß nicht... ich habe in meine hohlen Hände den Schatten genommen, der von den Lidern der Menschen tropft, um die Nacht zu vermehren. Doch ich verlor meine Hände und die Menschen die Lider, in denen sich Traum und Finsternis langsam verbanden. Immer sind sie nun wach, wach wie der Lotse, der unseren Segler steuert.«
Und der Pfarrer hörte, wie wir vor Angst in der Morgendämmerung weinten, beschienen von kleinen Sternchen.

Mittag. Die Leute teils müde, teils Apfelsinen essend und schwatzend. Bernardo el Niño erzählte

Liebesgeschichten, seine Lippen und Zähne destillierten süßen, goldenen Seiber durch den Bart. Sechs Frauen hatte er geliebt, die nach dem Orakel nur Abbilder einer einzigen waren, die er jetzt auf dem Meere suchte.

»Was hast du in den Augen, daß sie nicht blau sind?«

Bernardos Bruder, Joper el Niño, kümmerte sich um die brüderlichen Augen wie um seine eigenen.

»Es ist eine Träne ...« sagte Bernardo und wischte sie mit dem Haar seines nackten, wind- und sonnverbrannten, muskulösen Arms von der Wange.

Zwischen goldenen Apfelsinenschnitzen die Namen von Frauen wie feuchte Kerne. Während Luis Pino von seinen Abenteuern erzählte, öffnete und schloß sich seine Hand wie der Rachen eines hungrigen Löwen, eines Löwen, der statt zu brüllen, Tauben aus seinem Maul entließ, wie Pino selber sagte. Ruhelos die Blasen seiner Augen, die Pupillen eines Weltmanns, der nach seinesgleichen sucht.

Mit einbrechender Nacht überraschten wir das Geisterschiff in voller Beleuchtung. Man konnte Meer und Himmel nicht unterscheiden, alles war Schatten. Die Lichter des Schiffes verlängerten sich über den Rumpf hinaus, schmal, weiß und zitternd. Ein riesiges Zebra mit zitternden Streifen. Joper el Niño erwachte und erzählte, daß er geträumt habe, was wir in der Wirklichkeit der Nacht gesehen hatten.

»Es ist möglich, daß ich nicht geträumt habe; die Wirklichkeit der Nacht ist dem Traume so ähnlich«, gestand Joper el Niño, denn er wollte seinem

Bruder Bernardo nicht widersprechen, der vom Grunde seiner blauen Augen bis zum ebenmäßigen Rand seiner weißen Fischgrätenzähne lachte.
Solange ich lebe, werde ich niemals die Stunde der süßen Orangen vergessen, die sich dem traulichen Schwatzen verbünden; die sieben Frauen, die Bernardo el Niño auf seinen Lippen trug; Jopers Sorge um das Augenblau des Bruders, das eine Träne halb verschleierte; die Unterhaltungen über das Meerzebra – bestand es nur in Jopers Traum oder in der Wirklichkeit der Nacht, die dem Traume so ähnelt? – und Luis Pino mit seinen Liebesabenteuern, die er mit der Hand, der Hand eines Galans, begleitete, seine geschickte Rechte, die hin und wieder Löwenbisse vollführte.
Ganz nahe, damit er ihn durch das Gitter seiner dichten Wimper sähe, trat einer an den Pfarrer heran und sagte lächelnd: »Warum verschwindet das Schiff, das wir suchen, mit dem aufgehenden Tag?«
»Es verschwindet«, erwiderte der Pfarrer steinern und ohne zu zögern, »wie der Tempel unseren Augen entschwindet, wenn wir darin sind.«
Die unerwartete Anspielung im Worte ›Tempel‹, das er mehr nach ›b‹ hin als nach ›p‹ hin sprach und mit dem heiligen Schauer des Wortes ›zittern‹ – ›tiemblo‹ – umgab, seine Anspielung ließ uns an die Pfarrkirche denken, bei der wir damals im Licht der Sterne aufgebrochen waren, um ans Meer zu gelangen.
Bernardo, der meine Gedanken erraten hatte, öffnete die blauen Augen.
»Hast du gesprochen? Und auch du sagst ...?«
»Nein, Bernardo, ich habe es sagen wollen, aber nicht gesagt. Welch zärtlicher Klang: ›Auch du.‹

Der Pfarrer blieb auf seinem Posten am Vordermast. Seine Anwesenheit verscheuchte all unsere Furcht.
»Es ist ein Eisberg ... nein, ein Zebra!«
»Schweig«, schrie ich zu Bernardo, »es ist das Schiff, das wir suchen!«
»Schau es nicht an! schau es nicht an!«
Joper, der uns gefolgt war, bedeckte die Augen Bernardos mit den Schüsseln seiner dicken Hände.
»Schau es nicht an, Bruder, du kannst das Gesicht verlieren!«
Joper sorgte sich um die brüderlichen Augen wie um seine eigenen.
So nahe ging das Schiff an uns vorüber, daß wir die im Eis erhaltenen Altarfiguren unterscheiden und verstehen konnten, was sie sprachen:
»Euer Gnaden haben auf die Fahrt mit dem anderen Schiff verzichtet?«
»Es war nicht sicher genug. Es wurde vor tausendfünfhundert Jahren gebaut, und es dürfte recht unsicher sein, nur mit einer Anzahl liturgischer Hymnen am Mast zu segeln. Die Liturgie ist so porös wie ein Zuckerwürfel.«
»Vergessen wir nicht, daß es ein ewiges Schiff ist«, unterbrach der Patriarch und ordnete die Falten seiner Tunika.
»Priesterlich, wollten Sie sagen«, widersprach Dero Hochwohlgeboren, »die Fata Morgana, mit der die Priester den Verstand der eben Bekehrten, der Neophyten, verwirrten.«
»Pfarrer, hör zu, hör zu, was sie sagen ...«
»O ja. Der Kultus nagt an den heiligen Dingen und ist eine teuflische, frei erfundene Sache.«

»Wunderbar, Pfarrer! wunderbar!«
Wir fuhren ins Morgenrot. Es waren nicht Stunden, sondern Jahre. Es war kein Morgen, sondern eine Kindheit.
»Wunderbar, Pfarrer! wunderbar!«

Irre geworden, ergreift der Schatten das Enterbeil,
Und Brand und Beil ergreifen
Die schäumende Welle am Kiel.

Oh, welches Zittern im silbernen Wasser,
Zittern des weißen, rauschenden Schaumes
Bei jedem Schlag, bei jedem Schlag
Des Beiles in der Schattenhand!

Ich will zerstören, schrie er und schlug
Mit glitzernder Schneide in den Kristall,
Der hinter dem Schiffe wallte,
Und alle Bindungen trennen ...!

Bleibe das Land, wo es ist,
Wir fahren aufs Meer hinaus.
Und keine Kette soll uns folgen,
Nicht einmal eine Kette aus Schaum!

»Wunderbar, Pfarrer! wunderbar!«
»Wie leicht ist das Leben, wenn man den Himmel in sich hat. Wie schwer ist es, wenn wir den Himmel draußen lassen und die Welt unser Inneres füllt!«
Das zornige Meer bedeckte sich mit kleinen Wellen. Leises Kichern und Kichern ... eine leichte Helligkeit war auf der Brücke zurückgeblieben, alles Übrige eine dunkle Masse im Dämmer.

»Pfarrer, wir wären sehr glücklich, wenn es den Teufel nicht gäbe!«

Bernardo suchte nach der Kabine des Ersten Offiziers. Noch immer bekräftigte er, daß wir kein Schiff, sondern einen Eisberg von lauter Tränen gesehen hatten. Einen Eisberg, dessen Inneres eine Gruppe von blinden menschlichen Gestalten erhellte.

»Menschen ohne Augen, Bernardo?« Joper, der in die Augen des Bruders wie in die eigenen Augen schaute, fürchtete sich.

»Ohne Augen, wie heidnische Götter ...«

»Hast du gehört, was sie sagten?« unterbrach ich ihn.

»Als Joper mir die Augen zuhielt, sprachen sie vom Wind, vom Wasser und vom Feuer. Eine entfernte Stimme befand über Liebe und Zwietracht. Eine noch weiter entfernte verneinte die Einheit. Der Rhythmus der öfter sich überschneidenden Stimmen machte die Unterhaltung angenehm warm. Die eindrucksvollste von allen gehörte dem ›ambulanten Musiker‹, wie seine Genossen ihn nannten.

»Bernardo, besser du hörst zu, wir werden heute Nacht die Augen schließen.«

»Aber dann wird es ein Traum sein«, unterbrach Joper, »wie der Traum vom Meerzebra.«

»Was macht«, sagte ich, »in der Unwirklichkeit der Nacht den Unterschied aus zwischen Träumen und Sehen?«

Wir wandten uns um wie Blinde, die Stimmen hinter sich hören. Man rief uns zur Auslosung der

Seelen. Wir wandten uns um und sahen nichts. Man rief uns auf unter all den Verstorbenen, die vor unseren Namen flohen, sie ins Unendliche schrien, auf daß sie mit uns zugrunde gingen.
Gurgelnd schlug das Meer in die Kirche hinein. Die Wellen bildeten die gebückten Rücken und zahllosen Köpfe der Gemeindekinder nach. Wenig zu sehen. Die Säulen, die Bänke, die Altäre. Die Bogenfenster wie sanfte, lebendige Kohlen im Ofen der Apsis. Die Flamme des Leuchters auf dem Altar, der Ringe schaumigen Rauches entließ, und auf der goldpapiernen Kanzel unsicher schwankend inmitten des Ganzen ein menschlicher Schatten, der ein Chorhemd aus Fischschuppen trug und einen Dreispitz mit zwei runden Augen an jeder Ecke.
Der Pfarrgehilfe vertrat den abwesenden Pfarrer. Er zog aus einer schwarzen wachsbefleckten Tasche die Elfenbeintäfelchen mit den Namen der selig Verstorbenen, die diese Nacht an der Ziehung der Seelen teilnahmen, und rief ihre Namen auf, unter denen auch unsere waren. Als letzten von allen nannte er den, dem der Preis der Messen und Stoßgebete gehörte. Denn Gott hatte erlaubt, daß der Preis stets an die bedürftigste Seele ging.
Mit schwirrenden Schlägen läuteten die Glocken, wie wenn im Dunkeln ein Hammer auf den Amboß fällt; sie begleiteten die Litaneien, die der Chor anstimmte:
Erlaube uns, Herr, unseren eigenen Tod zu sterben!
Denn andere sterben einen fremden Tod!
Erlaube uns, dem Herrn Jesus Christus nachzueifern, dem wahrhaft zum Tode Verdammten!

Denn andere sterben einen fremden Tod!
Erlaube uns, Herr, die Augen vom Tode des Sokrates abzuwenden, des Heiden, der sich selber vergaß und starb!
Denn andere sterben einen fremden Tod!
Erlaube uns, Herr, in unserer eigenen Anwesenheit zu sterben!
Denn andere sterben einen fremden Tod!
Erlaube uns, Herr, Skrupel zu haben im Tode und Zweifel und Reue!
Denn andere sterben einen fremden Tod!
Erlaube nicht, Herr, daß wir den Mut all derer bewundern, die das Leben verachten!
Denn andere sterben einen fremden Tod!
Erlaube nicht, Herr, daß wir von aller Krankheit genesen, denn von Geburt her sind wir krank zum Tode!
Erlaube nicht, daß uns das Blut in Würmer verwandelt, während wir schlafen!
Der Sturm bringt nicht nur die Stürmischen um; das Meer nicht nur die es befahren; und die Waffen töten nicht die allein, die sie gebrauchen!
Andere sterben einen fremden Tod!
Andere sterben einen fremden Tod!
Andere sterben einen fremden Tod!

... und manche verschwinden im Ozean ...

Sieben Nächte nacheinander saßen wir in der Runde um den dicken Vordermast und sprachen, bis der Mond unterging. Afre, einer von der Mannschaft, der seine leere Augenhöhle unter einer Binde versteckte, erzählte uns verführerisch schöne Geschichten. Sie spielten in China. Eine Frau mit Buchstabenzöpfen, die China heißt! Und die trep-

penlosen Paläste, in denen die Fürsten bei ihrer Ankunft einen Salto mortale vollführen.
»Frauen, Opium, Folter«, fuhr Afre fort und indem er auf seine Gedanken zurückkam »... unvergeßliche Frau. Der Jasminduft in ihren Haaren, der Geruch ihres elfenbeinkühlen Fleisches, die teefarbenen Adern, unvergeßlich.«
Er dachte nach und fuhr fort:
»Die Frauen im Reiche des Himmels kommen und gehen geräuschlos mit ihren winzigen eingewickelten Füßen. Sie bewegen sich wie Karten eines seidenen Kartenspiels.«
Ein Irländer spanischen Namens schnitt ihm das Wort ab: Pablo Figo. Er kannte Indien wie seine eigene Hosentasche, ohne Dublin jemals verlassen zu haben.
Joper el Niño, Geograph und Steuermann, fuhr mit der Zunge professoral über die Lippen, dann sang er das Lob der Geographie, einer Wissenschaft, die es ermöglicht, Länder zu kennen, in denen man nie gewesen ist.
»Laß mal die Geographie, Joper«, sagte Pablo Figo laut, »ich kenne Indien, ich habe über die britischen Verbrechen gelesen.«
Der Pfarrer näherte sich und sagte nachtwandlerisch:
»... wenn unsere Nachbarn vor Hunger sterben, so dürfen wir keine andere Aufgabe kennen, als ihnen zu essen zu geben. Für ein hungriges, unbeschäftigtes Volk ist Brot und Arbeit die einzige Form, in der ihm Gott erscheinen kann. Gott schuf den Menschen, damit er mit Arbeit sein Brot verdiene, und er hat es zu seinem Gesetz gemacht, daß Essende, die nicht arbeiten, stehlen, daß sie nichts

weiter als Diebe sind. Wir aber leben, beuten unsere Landsleute aus und essen, was uns nicht zusteht. Verfolgt das Goldstück in euren Taschen auf seinem Weg und ihr werdet sehen, ich habe wahr gesprochen.«
Die Stimme des Pfarrers hörte sich an wie die Stimme Gandhis. Ein Kummer, der uns fremd ist. Er sprach ins Unendliche, ohne sich zu bewegen, wie über einen unsichtbaren Kleiderbügel gehängt. Im Gegensatz dazu sprach Luis Pino weltläufig mit seinen Händen:
»Die Geographie . . .? Und die britischen Verbrechen . . .? Bah . . .! Man lernt die Länder am besten durch ihre Frauen kennen. Die Spanierin ergibt sich mit arabischer Trauer, der Trauer eines Schiffes, eines Tempels; die Französin ist nur mit Ideen zufriedenzustellen, sie ergibt sich mit unersättlichem Körper und ist am Ende faul und lässig, und am Picadilly . . . bah! Was sind die Verbrechen der Briten und die ganze Geographie . . .! Ich kannte dort eine katholische Irin, die sich auszog und sagte: »Kommuniziere mit mir, ich bin weiß wie die Hostie!« Sie legte sich hin wie ans Kreuz geschlagen und betete, und nachher, als wir wieder auf die Straße gingen, beklagte sie sich: »Wenn man jetzt in die Kirche eintreten könnte, ihr Schatten würde unsere Augen vernichten . . . die süßen menschlichen Augen . . . ach, Señor, welch eine chimärische Litanei . . .!« Später beschimpfte sie mich: »Ein Kuß köpft wie ein Schwert! Nein, küsse mich nicht, küsse mich nicht mehr! Warum hast du es getan, warum? Zärtlichkeiten, Küsse, auf den Mund, sind sehr von Übel, sie tun zu gut! Küß mir die Hände, sie sind dankbarer. Nein, nicht auf den

Mund! Ein Wohlgefühl, das so rasch endet, kennt man besser nicht... Ich weine nicht, Señor, weil ich traurig bin, sondern weil ich meine Fröhlichkeit bereits verloren habe. Ach, Señor, ich fühle mich wie eine Braut, die keine Hände hat!«

Aber Luis Pino blieb nicht bei solch harmlosen Anekdoten. Am Ende erzählte er seine Liebesaffären mit allen Details. Perverse Begegnungen mit Huren, Verlosungen italienischer Jungfrauen und Berührungen mit türkischen Männern. Als Luis Pino schwieg, fühlte man den Atem der Seeleute wie Bisse. Jeder litt am imaginären Nachvollzug jener Szenen. Bernardo el Niño sah den Pfarrer in einen engelhaft nackten Knaben verwandelt. Und sein Bruder Joper war wie verrückt, als er bemerkte, daß Bernardo nicht mehr blinzelte, sondern die Augen starr auf den Körper des Pfarrers gerichtet hielt. Ein anderer aus der Mannschaft biß sich auf die Finger; in Armeslänge von ihm entfernt ertastete er das Fleisch einer Jungfrau, die niemand anders war als Afre. Der gab ihm, ohne die Pfeife aus dem Mund zu nehmen, einen Stoß, daß er mit seiner ganzen Begehrlichkeit über das Deck rollte.

»Der Überdruß«, sagte Afre zu Pablo Figo, »bewahrt vor all dem. Vor dem Rauschgift und der Sünde, vor der Frau und vor dem Leben; der Überdruß... ich werde nicht auferstehen, weil mich alles ekelt, und das ist auch eine Art, ins Nirvana zu gelangen.«

»Pfarrer... hörst du...? Diese Nacht wirst du allein, du ganz allein auf das Schiff im Nebel warten...«

Am folgenden Tag erkundigten wir uns als erstes bei dem Pfarrer, ob er das Schiff, das wir suchten, hatte vorbeifahren sehen.
»Hast du es gestern gesehen, als du allein warst? Ist es vorbeigefahren ...? Was gab es?«
»Es ist weit in der Ferne vorbeigefahren ... Wir haben gesündigt ... nacheinander verlangt ... Ich habe nach dir verlangt ...« – und wir wichen alle zurück, als wir seine Worte vernahmen; die knochige Hand des Pfarrers wies auf mich. – »Danach, mein Gott, näherte ich die Zähne meines Verlangens einer Traube von Frauen. Angesichts meines drohenden Bisses zitterten sie und zappelten wie die Fische, die man aus dem Wasser zieht. Und von meinem Festmahl blieb nichts übrig außer Schalen in der dunklen Nacht.«
Der Pfarrer fuhr fort:
»Als wir dem Schiff bereits nahe waren, und unsere armen Augen begannen, seine Besatzung zu unterscheiden, und unsere Ohren von ungefähr ihre Worte vernahmen, da war es entschwunden.«
Und er änderte seinen Ton, wurde zornig und verurteilte Luis Pino, der soviel Schlimmes getan hatte, zum Tode.
»Und zwar muß es noch heute vor Sonnenuntergang sein, es sei denn, wir sehen das Schiff, das wir suchen, wieder.«
Seine Worte schnitten uns die Zunge ab. Wir waren sprachlos, geängstigt drängten wir uns zusammen. Der Tod lächelte dem Propheten über die Schulter. Den halben Morgen durchirrten wir das Schiff, bis wir jetzt endlich die Dinge mit größerer Sorgfalt betrachteten; jetzt, nach wer weiß wieviel Tagen und Nächten Fahrt in Begleitung des To-

des, schätzten wir sie nach ihrem wirklichen Umfang ein, nach ihren Farben, schätzten wir sie gemäß ihrer Eigenart und nicht nach dem Schatten, den sie warfen.
Bald war es Nacht. Ein duftendes Gewitter verdunkelte den Himmel. Der Kopf des Verurteilten wurde feucht, als die Sonne hinter glühenden dunklen Gewitterwolken, die aus einer Schmiede zu kommen schienen, versank. Das Gewitter brach ab. Gegen Westen zu trat eine rosafarbene, melancholische Dämmerung an seine Stelle. Die geschwollenen Segel des Schiffes erschienen wie große Fesselballons.
Der Todeskandidat warf einen großen schwarzen gütigen Blick in die Runde.
»Was willst du von uns?« fragte ihn Pablo Figo, der Ire, bewegt.
»Ihr sollt das Geisterschiff, wenn ihr es wiederseht, entern, und euch des Schattens bemächtigen, der die Besatzung umgibt, die Männer mit grünen Füßen, die keine Köpfe haben und ihre Gesichter auf der Brust tragen.«
Danach, kurz vor Vollzug der Todesstrafe – Luis Pino sollte ins Meer gestürzt werden – wies Pablo Figo auf einen Gegenstand, der vom Grund des Ozeans aufgetaucht war wie ein ungeheurer Fisch.
»Das Schiff ...! das Schiff ...« schrien wir alle außer Bernardo el Niño, dessen Augen Joper el Niño zuhielt.
»Pfarrer ...! Pfarrer ...!« schrien wir alle und liefen umher, »das Schiff ...! das Schiff ...! Pfarrer ...! das Schiff ...! das Schiff ...!«
Luis Pino war gerettet und wir alle waren verloren.

Die Erscheinung des Schiffes wuchs so rasch, daß all unsere Fröhlichkeit im Meer versank, als es uns nahe kam. Seine Anwesenheit wirkte auf uns, sie riß uns mit. Wir fühlten den schwarzen Regenguß seiner Trauersegel und wandten den Blick von dem unvermeidlichen Aufprall ab. Sein Geisterrumpf und unser armes Schiff ... einen Augenblick noch, und ... als es auf uns zukam, wurde es kleiner, verringerte seinen Umfang, und verschwand.

Joper el Niño hatte uns alle gerettet, indem er seinem Bruder die Augen zugehalten hatte, bevor wir geentert und ausgelöscht wurden von einem Traumschiff, das es möglicherweise allein im Geiste unseres Kapitäns, des Pfarrers, gab.

In den blauen Augen, tief unter den Lidern von Bernardo el Niño hatte unser Schiff seinen normalen Umfang bewahrt. Das rettete uns.

»Was wäre aus uns geworden, Pfarrer ...« fragten wir ihn später.

»Wir wären verschwunden ...« rief er und wandte das Gesicht ins Unermeßliche, gegen den Horizont, an dem sich das Geisterschiff über das milchige Meer verloren hatte, in das die Sterne aus dem Himmel fielen, um verirrte Schiffe zu suchen.

»Pfarrer, wir werden die Nacht in deiner Nähe verbringen, beim Vordermast ...«

Und leiser sprechend, damit uns der Pfarrer verstünde, denn er war taub für laute Stimmen, für schrillen Lärm und Donner, ganz leise verstand er uns besser:

»Pfarrer, wenn Menschen leiden, klagen sie wie

die Kinder. Wo bist du? Warum läßt du uns allein?«

In der Frühe zeigte er durch ein Blinzeln an, daß er uns verstünde, und als wir ihn wieder unter uns wußten, den Pfarrer und Kapitän unseres Schiffes auf hoher See, da fühlten wir, daß unsere Augen vom Morgen gerötet waren.

»Die Seelen vereinigen sich nur im Vergangenen«, sagte der Pfarrer. »Die Körper allein vereinigen sich in der Gegenwart. Seht ihr die Sterne? Die goldenen Sterne über dem Morgenrot blinkten schon vor Jahrhunderten, und ihr Licht erreicht uns erst an diesem Morgen. So wie die Nacht vergangene Sterne sammelt, um ihren Himmel zu bilden, sammelt unsere eigene Finsternis die vergangenen Augenblicke, die wir mit anderen Wesen vereinigt waren, um unsere Seele zu bilden.«

»Mir fehlt«, meinte Pablo Figo, »so ein Stern, der Millionen von Jahren leuchtete, bevor sein Licht auf uns kam, um meine Pfeife anzuzünden, um Tabak zu brennen, pulverisierte Erinnerung, die wie Tabakrauch vergeht.«

»Ich«, sagte Joper el Niño, »habe meine erste Freundin nicht geheiratet, und trotzdem waren wir in Erinnerung immer vereint.«

Der Pfarrer erwiderte sofort:

»Das menschliche Glück und die Konstellationen der Sterne werden im Präteritum konjugiert. Wie erklärt sich unsere jugendliche Neigung zum Vergnügen, wenn nicht durch ein instinktives Raffen von Genüssen, an die man sich später erinnern kann? Die Lippen der Menschen, die sich nicht erinnern, je eine süße Frucht gegessen zu haben, sind bitter; die Ohren der Menschen, die sich nicht an den Gesang eines Vogels erinnern, sind taub; und die Augen der Menschen, die unter geschlossenen Lidern nicht das Lächeln eines geliebten, vielleicht schon gestorbenen Antlitzes finden, oder die Farben der Landschaft, in denen sie glücklich waren, sind blind. Warum bildet das eilige Wasser der Flüsse die Landschaften ab, die es durchfließt? Es will sich an sie erinnern, indem es sie hinter sich läßt, an all die Panoramen in seinem ephemeren Spiegel, an die Panoramen, die es an den Himmel spiegelt, wenn es verdunstet und Wolken bildet, an dic Panoramen, die es im salzigen Meerwasser mischt. Das Paradies war nichts als die Erinnerung an ein Glück, das ihm vorausging. Das Paradies war die Erinnerung an ein anderes Paradies . . .«

»Wunderbar, Pfarrer, wunderbar!«

»Die Häfen« – Bernardo el Niño klopfte mit den Hämmerchen seines Lidschlages auf das feine Eisen seiner blauen Augäpfel – »die Häfen gehen mit jedem Schiff, das ausläuft, und sie kommen mit jedem Schiff, das wieder anlegt; müde vom Kommen und Gehen werden sie eines Tages endgültig alle verschwunden sein, und sich alle mit der Erinnerung des Meeres vereinigen.«

Der Pfiff eines Fisches ging durch eine Flöte mit goldenen Klappen.

»Mir scheint«, sagte Bernardo el Niño, »daß die Fische das Singen im Hafen gelernt haben. Sie haben einen so traurigen Schrei, daß man meinen könnte, sie seien bärtige Landstreicher mit schmutzigen Silberaugen.«

»Pfarrer, sieh, wie dieser mondrunde Fisch das kleine Fischchen respektiert. Sieh, wie er es anschaut. Man meint, er möchte es schlucken. Es ist ein singendes Fischchen. Er möchte es für sein Leben gerne schlucken. Aber er tut ihm nichts, er spielt mit ihm, und es ist verschüchtert. Aber kaum daß der runde Fisch, ein Spiegelbild des Mondes, sich entfernt, so singt es wieder. Die Nacht duftet nach schlaflosem Wasser.«

Luis Pino hatte sich an der linken Hand verletzt. Er war dabei gewesen, einen Mast zu behauen. Bewußtlos brachten wir ihn zu Bett. Auf dem Weg verlor er die Finger, die nachher als Fleisch für die Köder dienten... Pablo Figo, der phlegmatische Ire, sagte lachend, indem er die Köder zurechtmachte:
»He, wir werden den Meeresbewohnern die Finger in den Mund stecken!«
Um Mitternacht kam Luis Pino zu sich. Als er sah, daß seine Hand verbunden war und fühlte, daß er keine Finger mehr hatte, fragte er betrübt:
»Wer soll Akkordeon spielen?«
Wir beruhigten ihn, scheinbar unwillig über seine Sorge, doch im Grunde war seine Frage dieselbe wie die, die wir uns jeden Augenblick stellten:
»Wer soll jetzt Akkordeon spielen...?«

»Pfarrer, ich habe einen Kummer!« Er warf sich dem abwesend scheinenden Pfarrer zu Füßen. »Ich weiß nicht, was es ist, aber ich habe Kummer, einen Kummer...! Pfarrer, mit der verletzten Hand, mit dieser Hand ohne Finger, habe ich meine Geliebte geschlagen. Ich habe meine Geliebte mit dieser Hand geschlagen, und die Schneide des Beiles hat sie gestraft! Wäre doch alles nur Traum!

Was ist mit uns, Pfarrer, warum muß der Schmerz, den wir anderen zufügen, uns wie ein Schatten folgen? Pfarrer, ich habe meine Geliebte geschlagen, es gibt keinen größeren Kummer! Ich weiß nicht wie, nur daß seitdem mein Gesicht mich an der Stelle schmerzt, an der ich ihr braunes Fleisch mit dieser Hand geschlagen habe, mit dieser Hand, die der trennende Schlag rechtzeitig bestraft hat. Ich bereue und wünschte, es wäre ein Traum. Was ist mit uns, warum müssen wir uns an all das erinnern, was uns das Vergessen erleichtern würde, an alles, was uns schmerzt, was aus uns blutet, was uns tötet? Pfarrer, leg deine Hand auf meine Wange, an die Stelle, auf die ich meine Geliebte geschlagen habe.«

Der Pfarrer hörte ihm zu und starrte ins Unermeßliche.

»Ich bin ein Feigling«, fuhr Luis Pino fort und kniete nieder, »ein Feigling, das Wort, das kriecht, das sich windet, bevor es uns erstickt! Ich bin ein Feigling, aber mein Kummer ist größer ...!«

Und nach langem Schweigen, ein Schweigen, an dessen Oberfläche die phosphoreszierenden Fischchen brannten, die die Bahn der fliegenden Fische beleuchteten, – nach langem Schweigen fuhr Luis Pino, kniend, die Wange zu Füßen des Pfarrers, fort:

»Ich hatte eine Geliebte, Pfarrer, und habe meine Geliebte geschlagen, ich habe sie ins Gesicht geschlagen, mit der Faust ...! Du weißt wie man schlägt, Pfarrer! Hier: so ... man spannt den Arm wie bei einem Kaninchensprung und am Ende des Armes, den der Bizeps spannt, stößt die Hand, eine blinde Masse, gegen die Fläche, die wir schla-

gen wollen. Meine Hand hat das Gesicht meiner Geliebten getroffen, ich habe sie an die Wange geschlagen, meine eigenen Küsse von anderen Tagen, meine Zärtlichkeiten habe ich geschlagen, und das vergrößert den Kummer, die Tränen, die ich fühle. Ich sehne mich danach, daß mir die Unbarmherzigsten verzeihen!«
Seine besessene Stimme verlor sich allmählich, kaum hörte man seine Worte vor Schnattern und Schluchzen.
»Pfarrer, nichts schmerzt mich, das ist mein Übel; ich wünschte, es schmerzte mich etwas, damit ich zu klagen hätte, statt jetzt über mein Leben zu klagen, dies wirre Ich-weiß-nicht-was, das man Leben nennt. Wie dankbar wäre ich Gott, wenn er mir eine Krankheit sendete, eine Krankheit, an der man in wenigen Stunden verwest, in wenigen Stunden, ohne Freunde, ohne Begleitung außer den schwarzen Fliegen und den Würmern!«
Und von neuem hob er die Stimme:
»Pfarrer, ich hatte eine Geliebte und habe meine Geliebte geschlagen! Daß ich sagen könnte, ich war es nicht! Doch wie mich betrügen, wie mich belügen! Wie die Wahrheit auslöschen, die geschehene Tat, die Wirklichkeit...! Ich fühlte mich stark, nachdem ich sie geschlagen hatte, stolz und fähig, sie weiterzuschlagen. Dann war ich besiegt, ruiniert, ohne Willen. Hundertmal wollte ich zärtlich sein und hundertmal hielt ich mich zurück, denn ich war ja kein Kind. Kinder schlagen, aber dann sind sie zärtlich.«
Und der Pfarrer sagte mit unbeweglichen Lippen:
»Die Liebe ist eine viehische Sache...«

»Pfarrer«, vernahm man die Stimme von Luis Pino, der sich wieder erhoben hatte, »ich will dir alles noch einmal sagen, damit du mich hörst, damit du begreifen kannst, auch wenn Hören und Fühlen einander wahrhaftig nicht gleichen . . . Auch wenn ich tausendmal schreien würde: ›Ich habe meine Geliebte geschlagen... Ich habe meine Geliebte geschlagen . . .‹, du würdest es nicht so fühlen wie ich. Pfarrer, ich habe meine Geliebte geschlagen, deshalb kann, was ich schreie, dir nicht mehr bedeuten, als etwa, ›ich habe den Zug verpaßt!‹ Und auch das, was machte es aus, da das Geschehene doch so bliebe, es selber, es selber, während wir andere Worte gebrauchen, es auszudrücken, nicht diese, nicht die, die ich verabscheue, die ich mir wiederhole, ohne ihren wahren Sinn erfahren zu können, randvolle Gefäße vom selben bitteren Wasser. Taten kann man nicht vernichten, Pfarrer. Das lernen wir Menschen zu spät. Die Träume vergehen, von Alpträumen erwacht man, Romangestalten entschwinden, beim Umblättern der Seite hören sie auf zu existieren, aber die Taten, – Taten kann man nicht löschen. Wenn man sagen könnte ›es war nicht so wie es war‹, und sie wären gelöscht, so würde ich schreien: ›Ich habe meine Geliebte nicht geschlagen...! Ich habe sie nicht geschlagen...! ... sie nicht geschlagen...! Ich habe sie nicht geschlagen, Pfarrer!‹, und es würde mir eine Genugtuung sein.«

»Die Liebe ist eine viehische Sache...!« wiederholte der Pfarrer mit einem Gesicht, das gegen das Meer versteinerte.

»Pfarrer, ich hatte eine Geliebte und habe meine Geliebte geschlagen! Einst in der Schule, als ich

zum erstenmal einen anderen Jungen schlug, ich erinnere mich, da habe ich denselben Kummer gehabt. Konnte es denn nicht umgekehrt sein – konnte nicht sie es sein, die mich schlug? Weshalb gerade ich, der seine schwarzen Finger an ihre Wange malte? Mein Glück – ich habe die Finger nicht mehr ... meine Hand hat ihre Strafe gefunden ... diese Hand ... diese Hand ... diese Hand, mit der ich meine Geliebte schlug ...!«
»O Blume! O Schaum! O goldene Zeiten! Helft mir singen«, schrie der Ire Pablo Figo, »ein Fisch aus schweigendem Lärm, mit träumenden Augen, ein Fisch aus Sirenenfleisch hat angebissen; er ist an den Haken gegangen, an dem die Köderfinger des Liebenden hingen, der seine Geliebte geschlagen hat ...«
»Pfarrer, ich hatte eine Geliebte und habe meine Geliebte geschlagen!«
»O elfenbeinerner Mondfisch, gefrorener Herr mit kristallenen Augen, du marmorner Blinder«, schrie Pablo Figo, »außerhalb deines Wassers wirst du den bellenden Blick des Abendsterns nicht mehr sehen ...! Ich will einen Tag ohne Tote erleben ...!«
»Pfarrer, ich hatte eine Geliebte und habe meine Geliebte geschlagen!«
»Ich will einen Tag ohne Tote ...! Ich will einen Tag ohne Tote erleben!«

Dritter Teil

1

Zwei Frauen gehen gleichzeitig durch mein Leben. Sie sind nicht interessant. Die Tragik meines Daseins nimmt zu, wenn ich denke, sie sind nicht interessant. Beide stehen an ein und derselben Stelle in meinem Gedächtnis; seltsam, aber so ist es: an ein und derselben Stelle in meinem Gedächtnis. Zwei übereinander kopierte Fotografien. Ihre Körper, ihre Gesichter gehen ineinander, ja es scheint, daß sie ein und dasselbe Gesicht, ein und denselben Körper haben.
Ich lebte mit ihnen in fensterlosen Gemächern. An ihre Schritte kann ich mich nicht erinnern. Sie gingen geräuschlos wie Schatten und sprachen mit leiser Stimme. Und so verbrachte ich meine Kindheit neben zwei Frauen, die sich entweder scheuten, jemanden aufzuwecken, oder fürchteten, daß wir alle in dem dunklen Raum, der uns umschloß, erwachten. Eine, so hieß es, war meine Schwester. Ich wußte nicht, welche von ihnen meine Mutter war. In meiner Erinnerung unterscheide ich sie an ihren Liebkosungen: Die langen Küsse der, die mich lieber hatte, taten mir weh. Ich glaube, sie war meine Mutter und die andere meine Schwester; aber ich kann mich auch irren, denn es hieß, gerade die wäre meine Mutter, die ich für meine Schwester hielt.
Meinen Vater kannte ich nicht. Meine Mutter – das waren zwei so unscheinbare Frauen, daß die Erinnerung an sie mich schwermütig macht. Sie

bedrückt mich wie der Gedanke an traurige Dinge. Es stört mich, bei langen Festen trunkener Freunde nicht lachen, nicht singen, nicht scherzen zu können. Etwas über mir, eine leise, trübe, melancholische Musik läßt mich auf unbehagliche Weise bitter werden. Ich bin nicht glücklich, aber auch nicht unglücklich: Mein Glück besteht in der Erinnerung an Menschen, mit denen ich hätte glücklich sein können; und meine Freude besteht darin, mich nicht zu freuen, sondern eine Art rheumatischen Kitzels zu spüren, eine Art Magenverstimmung und Appetitlosigkeit. (Ein seltener Vogel!)
Die Zimmer, in denen ich meine Kindheit verbrachte, befanden sich in einem langen Saal ohne Fenster und Möbel, mit Fliesen, die langsam versanken. Schlafzimmer, in die keine Sonne drang und, trauriger noch, kein Mond. Der Mond gibt auch den armseligsten Zimmern eine Art asiatischen Hauch. Man gelangte zu ihnen durch eine große Tür, die in einen Garten führte. Ihr dickes Holz trug Schnitzerei mit Szenen aus dem Leben des heiligen Christophorus und zwei Löwenköpfe, auf die zwei eiserne Türklopfer schlugen. Ich betrachtete diese gemähnten Gestalten immer mit furchtsamem Respekt. Sie flößten mir Angst ein mit ihren geschlossenen Augen. Acht Angeln in Form von Seraphinen, vier auf jeder Seite, hielten die Tür. Und diese Angeln verfälschten die Vorstellung, die ich vom Himmel besaß.
An den Garten habe ich viele Erinnerungen. Zwar konnte ich durch die Tür nicht viel sehen, obwohl ich das Laub beharrlich betrachtete; ich glaubte aber, daß meine Augen durch stetes Starren auf einen Punkt das Grün durchdringen und endlich

dahinter schauen würden. Manchmal trennte der Wind die Zweige, dann sah ich auf Straßen aus weißem Sand, auf Statuen, die ich für Gespenster hielt, auf Mauerbeete und auf das Wasser, das, ich weiß nicht woher, in die runden Körper der Brunnenbecken sprang. Es war mir verboten, vor die Tür zu gehen, daher nutzte ich, um in den Garten zu blicken, die Augenblicke, in denen ich allein war. Der Wind kam mir nicht immer zu Hilfe. Herbeiwünschen konnte man ihn nicht. Er kam, wenn ich es am wenigsten wollte. Unzählige Male wartete ich vergeblich, bis es dunkel wurde.

Einmal, in einer Mondnacht, sah ich eine schwarze Gestalt zwischen den Bäumen. Ich erinnere mich gut an ihre Schritte; sie traten auf etwas Zerbrechliches und Verbranntes, das zerknickte. Die Gestalt lief hin und her, verweilte in der Nähe eines Baumstamms und verschwand, und während sie sich entfernte, flammte ein großes Feuer auf. Acht Tage später geschah dasselbe. Und nach weiteren acht Tagen kam sie, nachdem sie das Feuer angezündet hatte, bis vor die Tür, hinter der ich stand. Es war ein Mann. Als er so nahe war, daß ich die Knöpfe seines Hemdes sah, lief ich fort und ließ ihn stehen... (Man wird dich stehlen, wenn du vor die Tür gehst, hatten meine Mütter mir gesagt.)

Kaum war der Mann gegangen, so traten sie mit Tränen in den Augen herein. Sie kamen von der Straße, vom Weinen gerötet wie immer. Sie weinten sogar im Bett mit mir, bevor sie sich legten.

2

Samstags pflegten vier töricht dreinschauende Frauen das Haus zu besuchen. Man merkte an ihren Gesprächen, daß sie Mitglieder eines Caritasinstituts waren, und daß wir verschämte arme Leute waren. Sie erschienen recht oft. Dann kam einmal eine Gruppe von zeremoniösen Herren. Sie küßten meinen Müttern pflichtmäßig die Hand, und etwas später erschien der Pfarrer.

Neben dem Windfang trug man die Stühle des Hauses zusammen und improvisierte einen kleinen Salon. Meine Mütter empfingen den Besuch im besten, am wenigsten geflickten Kostüm und suchten ihre alten Schuhe unter den Röcken zu verstecken. Neben den prächtigen neuen Kleidern der Damen, den Gehröcken der Herren und der Soutane des Priesters, einer wunderschönen Soutane, erschienen sie wie historische Gestalten, die aus einem Museum entflohen waren, oder wie Mannequins, die die verblaßten Gewänder einer vergangenen Mode vorführten.

Sie unterhielten sich über das Wetter und erwähnten immerfort Gott. Der Mund des Pfarrers ließ diesem Wort eine kleine Rauchwolke folgen. Sie sprachen über die Verderbnis der Sitten wie von einem Zeichen des nahenden Weltuntergangs. Sie schimpften über die Sinnenlust der Leute, die sich angeblich legten und erhoben wie Tiere. Sie beteten nicht und fasteten nicht und dachten nicht an Gott! Und der Pfarrer blies das Wort ›Gott‹ mit einem Mundvoll Rauch hinaus. Sie sprachen über den Tod und die Heilige Schrift und kamen von da auf das Anekdotische. Der Pfarrer schilderte greuliche Szenen von den letzten Stunden der Sünder und verglich sie mit dem ruhigen Dahinscheiden derer, die im Herrn sterben. Und er blies das Wort ›Gott‹ hinaus mit einem Mundvoll Rauch. Die Herren fügten unverbindliche Worte hinzu und die Damen, denen das Sitzen auf den harten Stühlen ein wenig ungewohnt war, gaben mehr oder weniger lange passende Kommentare. Mir wollte es scheinen, als führten sie ihre Gespräche nach Noten.

Meine Mütter hoben und senkten während des Besuches ergeben die Lider. Das ist der einzige Ausweg, der einem bleibt, wenn man sich nicht bewegen kann, aber bekunden will, daß man lebt. Zu dem ihnen angeborenen Mangel an Tapferkeit kam noch die Tyrannei der alten Kleider, die bei der geringsten Bewegung zu reißen drohten.

Als das Haus mit Gott und Rauch erfüllt war, kam der Abschied. Der Pfarrer streckte seine Gorillahand aus, und die Damen drückten sie ein wenig. Die Herren verbeugten sich zeremoniell und die Damen umarmten sich, ohne einander zu nahe zu kommen. Meine Mütter wagten nicht zu atmen aus Furcht, ihre Kleider könnten zerreißen. Sie gingen voraus, um die Besucher zur Tür zu geleiten – immer denselben Weg. Es gefiel mir, sie im späten Abendlicht vorübergehen zu sehen, die eine, vielleicht meine Schwester, mit einem Mund so rot wie eine Kaffeefrucht, und die andere, vielleicht meine Mutter, ein wenig blaß, mit nach oben gebogenen Wimpern. An der Tür verab-

schiedeten sie sich noch einmal. Die Herren zogen die Hüte, und wir hörten einen Augenblick den Wagen des Caritasinstituts die Straße hinunterrollen.
Diese Leute kamen lange Zeit in unser Haus. Ohne zu wissen, was ein Ausdruck wie ›verschämter Armer‹ bedeutet, ahnte ich die Feigheit, die er beinhaltet: Die Feigheit, sich seiner Armut zu schämen, weil man einmal reich gewesen ist; die Ergebung in die Beleidigung, zu der ein Almosen wird, das man uns absichtlich unauffällig gibt.
Eines Tages blieben die Besuche aus. Ich verbrachte den Abend allein an der Tür, ohne den Garten zu erblicken, weil kein Wind die Blätter der Bäume bewegte. Weder Mond noch Sterne. Unbewußt machte ich mich daran, die Stühle zu räumen, und sprach zu mir selbst: Der Besuch ist schon gegangen ...
Meine Mütter kamen herein. Ich hörte, wie sie die Tür vor der schwarzen Nacht verschlossen und sagten, das Institut unterstütze keine Familien mit illegitimen Kindern. Sie weinten und ich schlief ein. Als ich etwa um Mitternacht wieder erwachte, glaubte ich, auf der Straße den Wagen des Caritasinstituts zu hören, der sich für immer entfernte.

3

In dieser Zeit las ich mein erstes Buch. Ich erinnere mich, daß eines seiner Bilder einen Jungen zeigte, der eine Art Schürze trug und einen Drachen fliegen ließ. ›Gabacha‹ und ›barrilete‹ nennen die Leute in meinem Dorf die Schürze und den Drachen. Und zum erstenmal fühlte ich, was leiden heißt. Ich litt darunter, nicht dieser Junge zu sein: Der Himmel, die Luft, die Erde, das Licht, die Sonne, alle Dinge auf dieser Seite waren gemacht für ihn, den Glücklichen. Ich hätte ihn am liebsten herausgerissen und mich an seine Stelle gesetzt.
Als ich das Buch zu Ende gelesen hatte, beschenkten sie mich. Meine vermutliche Mutter drückte meine Augen, eins nach dem anderen, lange an ihre Lippen; und meine vermutliche Schwester schenkte mir ein Buch mit bunten Bildern, das ich noch immer in meiner Bibliothek bewahre. Sie hätte es besser behalten: Dieses Buch nämlich verhalf ihnen zu der Erkenntnis, daß ich nur in dem ersten lesen, mit anderen Worten, daß ich überhaupt nicht lesen konnte. Mein erster Triumph versank in seinen Seiten.
Eine Tragödie. Ich konnte nicht einmal das ›o‹, das man gewöhnlich an seiner Rundung erkennt, unterscheiden. Auswendig las ich, mit Punkt und Komma, die Lektion des ersten Lesebuchs. Und ich legte mich diese Nacht allein zu Bett, beklagte mich leise bei St. Antonius und schlief bald ein.
Am nächsten Morgen kam wieder ein Herr ins

Haus. Er kam und prüfte alles: Die Möbel, die keine Politur mehr hatten, die Böden, die ohne Teppiche, die Wände, die ohne Tapeten waren, die nackten Deckenbalken. Endlich prüfte er auch uns von Kopf bis Fuß. Ein komischer Kauz. Er hatte Grind auf den Händen: Einen roten Fleck, der mir wie ein Zeichen der Hölle erschien. Grußlos besetzte er alle Stühle des Hauses: Auf den einen legte er seinen Hut, auf den anderen seinen Schirm, auf einen dritten die Mappe, auf einen weiteren seine Handschuhe, und auf dem letzten nahm er selber Platz. So zwang er meine beiden Mütter, seinen Besuch stehend zu empfangen.
Viele Jahre später, in einem Theater in London, erlebte ich fast eine Ohnmacht. Ich war mit Freunden zur Vorstellung eines Hypnotiseurs gegangen und plötzlich sah ich, wie dieser sich in den Besucher von damals verwandelte, und das Opfer seines Experiments war eine meiner Mütter. Die Bühnendekoration war unbestimmt graublau wie das Licht im Haus meiner Kindheit. Der Hypnotiseur befahl seinem Medium, den Schmuckkasten zu bringen, und es gehorchte. So hatte an jenem Morgen eine von meinen Müttern dem Besucher den Schmuckkasten gebracht wie unter der Einwirkung einer fremden Gewalt. Mehr weiß ich nicht. Als er wegging und die Stühle freigab, ließen sie sich mit leerem Kästchen und Tränen in den Augen darauf niederfallen. Es war der Besitzer eines Leihhauses, so sagten sie. Ein Caritasinstitut, das Familien mit illegitimen Kindern half, vermutete ich.
In dieser Zeit, jetzt muß ich daran denken, hatten meine Mütter in der Lotterie gewonnen. Der ver-

pfändete Schmuck kam wieder zurück, die Löcher im Dach wurden ausgebessert, damit wir Schutz vor dem Winter hatten – und langsam wurden wir wieder arm.
Die Armen lassen das Geld zerrinnen wie glücklose Spieler. Wir taten viel Gutes und gaben sogar für den Christus in der Gemeinde eine Dornenkrone und Nägel aus Gold; silberne Dolche für die Dolorosa, vergoldete Bronzeschwerter für den Erzengel Michael und Pfeile aus Nickel für den heiligen Sebastian.
An all diesen Folterinstrumenten begann eine Frau, mich den christlichen Glauben zu lehren, eine Frau mit Rippen wie ein Regenschirm, mit struppigem Haar, das Gesicht wie ein Totenschädel mit Sommersprossen.
Bald lernte ich den Katechismus, und als ich zur ersten Kommunion ging, erhielt die Jungfrau Maria zum Dank einen neuen Dolch und der Herr, der das Kreuz trug, ein größeres Kreuz.
Eine traurige Erinnerung habe ich an meine erste Kommunion: Der Priester zeigte keinerlei Rührung.

4

Einige Tage später blickte ich wieder durch die Tür. Es war Abend und die Gefahr, von dem Mann, vor dem ich damals davongelaufen war, entführt zu werden, lockte mich sehr. Da tauchte er auf. Er bildete sich zwischen den Bäumen. Sein Bart, seine Augen und seine brutalen Tritte auf etwas Schwaches, das schmerzlich berührt zerknickte. Ich sah, wie er sich bückte und seine Flackerfeuer wieder anzündete. Der Rauch mischte sich in den traurigen Dunst der Dämmerung. Der Wind trennte die blättrigen Zweige und ließ den Garten ein wenig vollständiger sehen, auch wenn schon die Schatten der Dämmerung darüberwischten. Unförmige Massen, die in meinem phantastischen Denken wie Elefanten, Giraffen und Kamele erschienen. Das tierförmige Laub nahm immer schwärzere Umrisse an vor der zarten Bläue des Himmels, aus der lauter kleine Sterne tropften, neugierig wie ich. Die Sterne beten das Ave Maria und die Sonne das Vaterunser, hatte mir meine vermutliche Mutter gesagt. Und wirklich, in der Weite des Himmels konnte man ihr Ave Maria hören, ein Ave Maria aus feinem goldenen Schweigen, wie ich es nie wieder hören werde.
In unbewußtem Verlangen streckte ich dem Garten eine Hand entgegen, wie um ihn mit mir ins Haus zu nehmen, eine seiner Statuen herauszulösen, die ich für Gespenster hielt, und einige von seinen Pinien, einen seiner Brunnen, einen Weg

und das mit hängenden Blumen geschmückte Gartenhäuschen. Aus einem alten Bild hatte ich den Mond und einen Drachen ausgeschnitten; die konnte ich auf den Himmel des in der Finsternis verlorenen Gartens kleben.
»Nimm den Mond, Garten, nimm ihn, ich schenke ihn dir, ich habe ihn mit der Schere meiner Mütter ausgeschnitten, aber sag es niemandem, weil sie sonst mit mir schimpfen: Die Schere ist nicht dazu da, Karton zu schneiden!«
Ich streckte die Hand in den Schatten hinaus – und konnte nicht schreien: Jemand hatte mich an der Hand ergriffen und eine Blume hineingesteckt. Ich prüfte das Geschenk. In der Tat – man hatte meine Hand wohl nur ergriffen, um die Blume zwischen meine Finger zu stecken, eine Blume, zart wie ein kleiner parfümierter Lappen. Sie duftete nach Hölzern von unbeschreiblichem Aroma, nur der fernen Gegenwart meiner Mütter vergleichbar, die ich in meinem ganzen kindlichen Innern kommen hörte mit dem Geräusch ihrer alten Seiden (und nur mit diesem Geräusch) – mit dem Geräusch ihres mangelnden Geldes (und nur mit diesem Geräusch) – oder im Geräusch ihrer anderen Leiden, die ich nicht begriff, die sie im Namen Gottes Leiden nannten, die das Herz zusammenpressen.
Ich wandte mich der Blume zu und fragte:
»Warum schweigst du? Es ist gleich, ich weiß, daß du gekommen bist, weil ich dich gerufen habe, und ich muß tun, was ich dem Garten versprochen habe, da ich annehme, du bist seine Abgesandte. Da hast du den Mond ...!«
Und aus der kleinen Tasche in meinem Hemd, in

die mit Schwierigkeit eine Münze paßte, zog ich den Mond und gab ihn der Blume.
Jetzt hat die Blume den Mond... dachte ich und beim Denken und Denken an immer dieselbe Sache verwirrte ich mich . . . Jetzt hat der Mond die Blume...! Die Blume hat jetzt den Mond...! Der Mond hat die Blume . . .! Die Blume, der Mond; der Mond, die Blume...
Ich wäre vielleicht ganz irre geworden beim Drehen und Drehen des Kopfes, der sich zwischen der Blume und dem Mond, dem Mond und der Blume, der Blume und dem Mond wie ein Kreisel bewegte, wenn nicht eine laute Stimme zu mir gesprochen hätte. Sie klang so rauh, daß ich dachte, es wäre das Dröhnen eines der Löwen, auf die die Ringe an den Türflügeln klopften.
»Wie heißt du...?« fragte der Mann, der die Feuer legte.
»Wie ich heiße?« antwortete ich. Meine Angst war groß, als ich sah, daß er an einem Stückchen Glut, einem Teufelsbonbon lutschte und den Rauch durch die Nase hinausblies wie eine Lokomotive. Die Knöpfe seines Hemdes beruhigten mich ein wenig. Er hat Knöpfe, er hat ein Hemd, dann kann er so übel nicht sein. Er hat ein Hemd, er hat Knöpfe... Hemd... Knöpfe... Knöpfe... ein Hemd . . . und schon verwirrte ich mich wieder wie bei der Blume und dem Mond, als der Mann, der die Feuer legte von neuem sprach:
»Und die Blume?«
»Ich habe sie dem Mond gegeben.« Meine Antwort kam schnell, denn ich fürchtete mich.
»Und wo ist der Mond?« setzte er mißtrauisch hinzu.

Ich steckte die Hand in das Täschchen in meinem Hemd, und er begann dröhnend zu lachen.
Ich wünschte jetzt sehr, den Mietwagen rollen zu hören, in dem meine Mütter manchmal, wenn es spät geworden war, nach Hause kamen, und wünschte es um so inniger, je mehr Furcht mir der Mann einflößte. Ich wünschte, daß meine Mütter kämen und dann doch wieder nicht. Ich weiß es nicht genau. Ich wünschte, daß sie rasch erschienen, um mich vor dem Mann zu retten, der wie ein Baum mit menschlichem Gesicht aussah. Und ich wünschte, daß sie noch ein wenig blieben, damit der Baummann mir noch etwas von dem Garten erzählte. Was gab es jenseits der dichten Laubvorhänge? Wie bildeten sich die Blumen und die Wasserspiele? Aus was bestanden die weißen Erdfiguren, die sich hier und dort in liebenden Gruppen aneinanderreihten, und was verbrannte er mit seinem Feuer?
»Also, daß du mich nicht mehr erkennst! Habe ich dir nicht die Blume gebracht? Ich bin Eduvijes...«
»Eduvijes...?« wiederholte ich laut, und der Alte antwortete fast automatisch:
»Ja, Eduvijes...«
Da rollte der Wagen auf der gepflasterten Straße, meine Mütter stiegen mit weinenden Augen aus, und Eduvijes verschwand in die Nacht hinein.
Acht Tage später sprach ich wieder mit ihm.
»Nein, diese Unschuld«, sagte er immer wieder oder: »Möge es dir gut gehen in deiner Unschuld.«
Ich bat ihn, mich in den Garten mitzunehmen, aber er wollte nicht. Die Nacht war kalt und der Wind fuhr zornig pfeifend vorüber.

Meine Freundschaft mit Eduvijes wurde enger und enger. Ich lernte an seiner Hand den Garten kennen, und manchmal nahm er mich mit bis zu seinem Haus. Er hatte einen kleinen blinden Sohn. Inzwischen hatte ich erfahren, daß Eduvijes, der Gärtner, beim Gehen die trockenen Blätter zertrat, daß die Statuen aus Marmor bestanden, und daß er Feuer legte, um die Ameisen zu verbrennen. Nur von dem Teich wußte ich nichts, denn er erlaubte mir nicht, ihm nahe zu kommen, weil das Wasser böse und gefährlich wäre.

5

Eduvijes – ich nannte ihn Ebuvijes – erzählte mir Märchen aus Cuyito. Er blies dabei den Rauch seiner Maiskolbenpfeife hinaus und sprach vielleicht aus diesem Grunde vor jedem Märchen: »Das ist eine ganz andere Sache, mit Rauch erzählen, das ist ein ganz anderes Erzählen . . .«

CLARIN CLARINERO

Don Claro, der Trompeter, und Doña Clara, die Trompeterin, waren eine Trompetervogelfamilie. Ihr Gefieder strahlte, und deshalb waren sie mit dem Morgenstern verwandt. Es schimmerte wie feuchtes Blau in Schaum getaucht, der Schattenriß ihrer Erscheinung war aus beweglichem Schmiedestahl, ihre Schnäbel glänzten schwarz, sehr schwarz, und ihre Augen wie goldener Tüll.
Don Claro war ein geiziger Caballero in einem dunkelblauen Smoking; und Doña Clara, seine Frau, war eine ehrgeizige Vogeldame, und ihre Tochter Clarirosa, für die sie einen Mann suchten, war ein wunderschönes Mädchen.
Frau Clarita und Herr Clarinero beschlossen, eine Reise zu unternehmen, um den Uhu zu fragen, wer Clarirosa, ihre Tochter, heiraten sollte.
Sie nahmen sie wie ein Gepäckstück mit sich, das heißt, sie trugen sie am schönen Flaum ihrer Kehlen, denn Clarirosa war nicht gewöhnt, so gewal-

tige Strecken und wieder neue Strecken zu fliegen.
»O grohscher Herr«, sagte Don Clarinero, der Herr Trompeter, mit seinem trichtergleichen Röcheln, als er den weisen Uhu fragte, wer ihre Tochter Clarirosa heiraten sollte, »in diescher Liebesfrage haben wir schon die Blumen befragt und schie gaben unsch den Rat, schie mit dem mächtigschten aller Vögel zu vermählen . . .«
Durch den Schnabel des großen Uhu vernahmen sie die Uhuweisheit, daß Clarirosa ihre türkisblaue Zukunft mit einem Winde namens Hurrikan verbinden solle, der ein sehr mächtiger Vogel sei.
Also dann suchen wir ihn. Wo war er? Wo war er? Er war wie immer damit beschäftigt, große und noch größere Balken umherzuschleudern. Er wirbelte sie mit seinem Atem durch die Luft, als ob es Spelzen oder Trommelstöcke wären.
»Ich komme, um deine Hand zu bitten!« sprach Doña Clarinera, die Frau Trompeterin, und bewegte die Hüften wie eine Ledige.
Hurrikan sagte ihr auf ihren Antrag, daß der Vogel ›Große Wolke‹, genannt Nubarron, noch stärker als er und sehr geeignet wäre als Mann für Clarirosa. Er wußte nämlich wohl, daß ein guter Gatte ein bißchen blind und ein bißchen taub und ein bißchen fett sein muß.
»Und wo ischt diescher Herr zu finden?« fragte Don Clarinero, den das eben Gesagte und Gehörte etwas peinlich berührt hatte, da er ja selber ein Ehemann war.
»Was gibst du mir für die Adresse?«
»Wir sind arm, Hurrikan. Das einzige was wir

haben, ist unser Schatz, dies Mädchen mit seinen himmelblauen Flügeln und goldenen Augen. Aber ich gebe dir mein Wort, daß mich der Schlag treffen soll, wenn du nicht zufriedengestellt wirst, sobald wir einen mächtigen Gatten für sie gefunden haben. Das habe ich im Namen meines Mannes gesprochen und in meinem eigenen, hast du gehört?«

»Wenn das so ist – also die Adresse lautet folgendermaßen: ›Große Wolke‹, Nubarron, hält Siesta auf einer Hängematte aus Schleierwolken jenseits des Waldes ...«

Und die Trompeter flogen weiter, bis sie ›Große Wolke‹ fanden. Nubarron sah schrecklich aus wie eine Kuh, wie Stroh und Kuchen in einem. Und den Kopf hatte er an den Füßen, der war geformt wie eine kleine Wolke, und das Haar darauf gefärbt wie Mist.

Er wachte auf, schnaubte Kohle durch seine Nase und brachte hervor:

»Was wollen die Herrschaften?«

»Wir schind hier um schie zu schuchen, Don ...«

»Man muß wissen wozu, denn ich stehe nicht auf drei Füßen!«

»Weil der Herr Nubarron der Stärkste ist, den es gibt, und Clarirosa, genannt Meerblau, ihn heiraten soll!«

»Nicht so viele Worte, Señora: ›Zwei Flieger kamen mir ins Haus und begehrten, was ihnen nicht gehörte‹ ...«

»Ihre Schwiegereltern!«

»Zum Kuckuck, wie ich mich freue, daß Sie meine Schwiegereltern sind! Und weil ich wahrsagen kann, nennen wir die Sache beim Namen: Brot zu Brot und Wein zu Wein! Ich glaube nicht, daß mir

das Glück beschieden ist, weil wir den Donner haben, der noch viel stärker und besser ist.«
Don Trueno, der Donner, konnte kaum sehen, er war mehr als zur Hälfte blind. Aus einer kalten Wolke trat er heraus und machte einen kanonenstarken Krach.
»Po-ron . . . pon-gon . . . burum . . . burum . . . bum . . . wo bumbummele ich hin . . .?«
Doña Clarita schüttelte sich am ganzen Leibe, bevor sie zu dem Donner sprach, der den Hurrikan übertraf, und stärker war als die große schwarze Wolke.
Im großen Maul des Donners klang der Name des zarten Mädchens sehr roh und häßlich.
»Heiraten soll ich, heiraten? Ich mit meiner harten Sprache, meiner stolzen Stimme ein Mädchen, das einen so kauderwelschen Namen trägt? Und außerdem gelte ich weniger als der Blitz, der sein goldenes Pulver verstreut, wenn ihm das Temperament durchgeht.«
Don Claro und seine treue Rippe, Frau Clarinera, gingen mit ihrer Jungfer Tochter weiter auf ihrem Weg.
Regengüsse wie im April und Mai und auf der Spitze eines Berges Don Relámpago, Herr Blitz. –
»Achtung, Mama, der Blitzschlag!« rief die Kleine mit ihrem aderfeinen Züngchen; aber die Trompeterin war schon fast geröstet.
»Herr Blitz, um Gottes willen, sie hätten uns beinahe blind gemacht!«
»Sie bringen Wörter von der Erde, meine Dame, aber ihre Federn sind vom Himmel. Willkommen, wenn es in Frieden ist – wenn nicht, wohlan, so lebe der Krieg . . .!«

»Und vom Himmel bringen wir Ihnen Clarirosa, weil Sie es sind, der alles vermag ...!«
»Die Hochzeit muß heute gefeiert werden!«
»Ich durchschaue die Absichten der beiden Herrschaften! Ich bin ein Kasten von Gold, der ganze Himmel ist meine Arche, ich besitze, was ich besitze, und weiß nicht, was ich besitze, und habe nicht nötig, meinen Reichtum zu übertreiben: Ich bin von Kopf bis Fuß aus goldenem Glanz... Will Clarirosa mein Geld oder meine Liebe heiraten?«
»Sie selber soll es sagen, Herr Blitz!«
»Ich«, sagte Clarirosa, »will den großartigsten aller Vögel heiraten!«
»Und was ist Größe ohne ein großes Vermögen!« fügte Don Clarinero hinzu, während der Mond aufging.
»Es gibt keine Größe, es gibt allein den Trug der Sinne: Mein Reichtum und mein Vermögen sind flüchtige Explosionen von Metall wie alle Reichtümer ...«
Der Blitzschlag eilte herbei und sagte:
»Da bin ich! Ich bin der stärkste Vogel! Ich verwandele alles in Asche, nichts widersteht meinem Zorn! Und wer ist sie? Ich schicke meinen Funken los ...«
In einem Pinienwipfel – picu! ... picu! – hörte man einen Triller.
Im Augenblick sprang der Blitzschlag auf wie eine feurige Feder, verletzte den Baum, verwandelte ihn in einen dürren Stiel und stieß ihn gegen die Felsen.
Das Vögelchen, das da getrillert hatte, flog zart und göttlich davon und hinter ihm die Trompeter noch schneller als schnell.

Endlich hielt Clarirosa, genannt Meerblau, in ihrem Flug inne und sah, wie der Himmel sich öffnete, um ihr zu sagen: »Ich liebe dich ... ich bin Clarin Clarinero und stärker als der Blitzschlag, der seinerseits stärker ist als der Blitz und der Donner, der große schwarze Wolkenvogel und der Wind Hurrikan!«
Und die Hochzeit fand nicht in der Kirche statt. Auf einem Trapez aus zerbrochenem Blau der Bräutigam und die Braut. Statt über Liebe zu sprechen, sprachen sie von ihrem Spielzeug. Zwei blaue Miniaturen und ein gesegneter Tag.

DAS GRÜNE TÄUBCHEN

Die ganz verturtelte Frau Taube, Doña Paloma, und der große Herr Täuberich, Don Palomón mit seinem großen Schnabel, bauten ihr Nest in einer Hütte, die sich im Wirtschaftshof eines großen Gehöfts an das Gemäuer lehnte.
Doña Palomita verspürte eine kleine Kolik und Don Palomón – pam! pam! pam! – gab ihr drei Klapse auf den kleinen Wanst. Und Doña Palomita hatte ein Ei gelegt, ein kleines Eichen, rot und weiß.
Doña Palomita bebrütete das kleine Ei, und Don Palomón fütterte ihren Schnabel. Ein köstliches Maiskörnchen, ein Bröckchen ... und immer ein Küßchen.
Knacks! Caramba! Aus dem runden Ei kam ein kleines Täubchen hervor. Doña Palomita gab ihm ein wenig Spucke und Don Palomón fächelte ihm einen Lufthauch zu, damit es rasch auskrieche.

Man sprach mit der Patin – rucke di guck! – denn man wollte es taufen; und man sprach mit dem Paten – koro gock! – wegen der Taufe. Und die Taufe kam mit all ihren Feierlichkeiten, mit ihren fliegenden Besuchen und Bekanntmachungen. Und das Baby wuchs, bis es sein Vater, Don Palomón, auf die Zweige eines Bäumchens ausführte.

»Da ist ein Ei!« rief Palomín. »Ich bin kein Taubenkind mehr, ich bringe es zu Mama, ich will ein Brüderchen!«

Und Don Palomón sagte sehr ernst zu ihm:

»Das ist eine Zitrone, ich übernehme keine Verantwortung für einen Knaben aus bitterer Schale!«

Palomín weinte, als ob er in die Schule müßte. Sein Taufpate kam – koro gock – um zu sehen, was passiert war, und vernahm seinen Wunsch: Die Zitrone pflücken! Und die Patin – rucke di guck! – vernahm seinen Wunsch: Die Zitrone pflücken!

Doña Palomita, die in der Kirche geweilt und die Messe im Glockenturm gehört hatte, erschien gerade zurecht, denn die Patin und Don Palomón schickten sich an, dem Kleinen eine gute Lektion zu erteilen.

Doña Palomita schlug mit den Flügeln. Sie waren ganz naß von der Brise, und zärtlich begann sie, im weißen Flügel von Don Palomón ein Läuschen oder ein Flöhchen zu suchen. Sie sagte:

»Don! Don! Don! ... was ist denn mit dem Heulpüppchen geschehen?«

»Es ist schlecht erzogen, es gehorcht mir nicht! Seine Patin hat mit ihm gesprochen, sein Pate hat mit ihm gesprochen, aber es will nicht hören ... es will ein Brüderchen aus dieser Zitrone!«

»Gott bewahre, mein Kleiner, aus dieser Zitrone wird kein Brüderchen geboren!«
Die Schule ... das Leben ... und Polomín Geranienblüte. So lautete der Nachname seiner Familie, sein seltsamer Name. Und seine Freunde hießen Benavides, Montejo und García ...
Der junge bleifarbene Tauber mit seinen himmelblauen Augen und roten Beinchen unter Federn, die ihnen wie Fischschuppen oder Stiefelchen standen, war ein Krawattenkavalier, er trug Stock und Hut.
Mit Flügeln, im Kreuzen der Richtungen wie gebrochen, kam er nach Hause.
Seine Mutter sagte zu ihm:
»Was ist ...? Was ist ...? Dein Vater ist ausgegangen ...«
»Ach Mutter«, sagte er, »ich habe ein Nest gefunden mit einem amberfarbenen Täubchen, mit einem grünen Täubchen, dem Kind einer Zitrone!«
Doña Palomita erstaunte baß bei der großen Nachricht. Jetzt auch das pam! pam! von Don Palomón, der ein wenig müde von der Wiese kam. Er setzte die Brille auf, um aufmerksamer zu hören. Mehr lugend und guckend als hörend vernahm er, was Palomín Geranienblüte mit großer Freude zu sagen hatte.
»Don, Don, Don ...«, sagte das Mütterchen, »es ist aus einer Zitrone geboren!«
»Von grüner Farbe!« schrie Palomín.
»Aber das ist kein seltener Fall«, antwortete der Papa.
»Da drüben ist es!« fiel ihm die Mutter ins Wort.
»Weil es ein Sittich ist ...!«

»Fast hätte es mich gebissen!« unterbrach Palomín.
»Und deswegen habe ich gesagt, daß ich kein Söhnchen aus grüner Schale wollte!«

DAS HERZ DES ADVOKATENAPFELS

Doña Perica und Don Pericón hatten Periquito Verde, den kleinen grünen Sittich zur Welt gebracht. Sein Schnabel war scharf wie ein Büchsenöffner, er hatte Krallen an den Klauen und begann seine Nägel auszustrecken und sich Steine zu suchen, um seinem Schnabel die Schärfe der Krallen zu verleihen.
Seine Arbeit bestand aus Klettern und Picken. Dort erhob er sich auf einen dürren Pfahl, hier schlug er den schneidenden Schnabel in eine Frucht und schrie und girrte.
»Ich bin der Perico – tico tu tico . . . tu tico . . . tu tico . . .! – ich bin der Perico und fliege und fliege und klettere wie ein Äffchen . . .!«
»Die Sache ist brenzlig«, flötete der Vater der Mutter ins Ohr. Doña Perica und Don Pericón öffneten die Türen ihrer grünen Flügel und erhoben ihre Körper geschwind wie der Raum.
Nur der kleine Perico flog gemächlich hinterdrein.
»Beeile dich, Kind; siehst du das Feuer nicht? Das Grün verbrennt! Das Grün verbrennt! Die Sache ist brenzlig . . !«
Und der junge Sittich murrte zwischen den Zähnen:
»Ich bin kein Feigling!«

Noch vor dem Feuer erreichten die Eltern einen Hügel, und mit schwitzigen Flügeln umarmte Don Pericón die Doña Perica, grub seinen Schnabel in ihr grünes Gefieder und gab ihr ein Küßchen.
Wie durch ein Wunder waren sie noch am Leben. Seit einem Monat hatte das Feuer gebrannt. Nur die Advokatenbäume waren in dem versengten Land übriggeblieben mit ihren hohen, obstbeladenen Zweigen.
Mutter Perica senkte die Augen. Ihr Mann sagte zu ihrem Sohn:
»Ich weiß aus Erfahrung, daß sich im Advokatenapfel Wissenschaft verbirgt. Du bist gehorsam; hüte dich hineinzubeißen.«
»O ja Väterchen, aber ich würde gern etwas von dieser Wissenschaft besitzen!«
»Später, wenn du grüner bist, wirst du davon erfahren!«
»Ja, mein Sohn, Geduld!«
»Papa Pericón!« schrie Periquitto, Advokatenwissenschaft für mein Schnäbelchen!«
Ein Zittern in der Erde ließ einen Advokatenapfel fallen. Doña Perica sträubte sich vor Schreck wie ein Salat.
»Es ist Unsinn!« schimpfte Papa Pericón mit Perico. »Advokatenwissenschaft ist nichts für Kinder!«
»Papa Pericón«, weinte Periquito, »ihr tut mir nie einen Gefallen; Advokatenwissenschaft für mein Schnäbelchen! Sei nicht so streng! Sei nicht so streng!«
Und noch während er so maulte, flog er ins frische Gras einer Wiese, wo der Advokatenapfel lag und nicht wie eine Frucht, sondern wie ein Perico aussah.

Doña Perica aber flog schneller, setzte sich auf den Advokatenapfel und tat so, als ob sie schliefe. Ihr Kopf steckte unter dem Flügel und ihre Beinchen waren unter dem Leib versteckt.

»Du bist mir durch deine grüne Farbe verwandt«, sagte Periquito, »aber das hindert nicht, daß ich meinen Schnabel in deinen Körper bohre!«

»SO BEISSE!«

»Redet ein Advokatenapfel?« schrak Periquito zurück.

»ER REDET!«

(Es war seine Mutter, die ihm antwortete).

»Diese Stimme verwirrt mich! Ich kann deinen Schnabel nicht sehen! Schnell, sag mir, wo ist deine Wissenschaft . . .?«

»Sie ist in meiner runden Seele; die Wissenschaft ist rund . . .«

»Du weißt hoffentlich, daß ich kein Dummkopf bin!«

»Und du . . . solltest wissen, daß Vorsicht das beste ist!«

»Ich hacke mit meinem Schnabel in dich hinein, bis du ausgeblutet bist, oder du redest vernünftig!«

»Frecher Perico!«

»Ich widerspreche nicht: Du Pflänzchen!«

»Außerdem bin ich dein Freund . . .«

»Das runde Herz nennt sich meinen Freund?«

»Komm näher mit deinem Ohr! Hör, wie das runde Herz schlägt!« (Doña Perica lachte innerlich. Es gab Zeugen: Sechs Ameisen und einen Brummer.)

»Wo hast du es, Advokat – Herr Advokat«, fragte Perico.

»Ich habe es in der Mitte, es ist mein Herz!«

»Früchte sprechen nicht!« Er preßte die gefalteten

Flügel mißtrauisch auf seine Ohren, und in diesem unvorsichtigen Moment flog Doña Perica davon. Periquito und der Advokatenapfel blieben allein auf der Wiese.

Periquito ging, kam und wandte sich, doch die Frucht rührte sich nicht vom Boden. Endlich versetzte er ihr einen bösen Schnabelhieb.

Nicht ein einziges Wort gab der Advokatenapfel von sich. Einen Schnabelhieb und noch einen würde er ihm geben, wenn er nicht antwortete.

Die harte Schale des Herrn Advokaten wurde von tausend Löchern durchbohrt wie eine Brause, und mehr und noch mehr Löcher. Periquito bestand darauf, daß er sprechen müsse. Er war kein Periquito mehr, sondern eine wilde Bestie.

Schließlich rollte aus dem Schweigen des grünen Advokaten ein schokoladenbrauner Kern.

»Das runde Herz!« rief Perico aus und begrub seinen Schnabel diesmal in einem Schrei, denn er war auf ein Brett oder auf Granit gestoßen ...

»Woher kommst du ... du kannst doch noch gar nicht fliegen ...«

»Die Ohren tun mir weh! Die Zähne tun mir weh!«

»Schöner Periquito, ach mein wunderschönes Kindchen«, sagte Perica, »komm her zu mir, daß ich dich heile mit meinem Speichel!«

»Au, au, Mütterchen, ich habe auf einen Kern gepickt!«

»Ei, ei, Periquito«, sagte Don Pericon, »du wünschtest dir Wissenschaft – da hast du die Lektion. Ein rundes Herz hat der Advokatenapfel, und die Welt hat ein gleiches. Wehe dem, der darauf pickt wie jemand, den ich kenne ...!«

»Und diese Speier?«
»Es sind zwei Geier!«
Die Himmelstür öffnet sich immer nur ein bißchen und niemals rasch. Die Himmelstür ist ein Lächeln.
»Kommen sie herein meine Herren!« rief ihnen der Portier entgegen, der hinten in einem langen Flur saß.
Doña Zopilota, Frau Geierin, putzte ihre Füße vor dem Teppich und Herr Geier, Don Zopilote, ihr Schatten-Mann, säuberte sie anschließend auch.
»Don Chevo . . .!« riefen die zwei Riesenhühner, als sie den Portier mit Bart und Stiefeln erblickten.
»Ich bin Pedro!« antwortete der heilige Petrus, »und in der Portierloge nannte mich unser Herr Petrus den Fischer . . .«
»Wir wollen herein!«
»Erst müssen Sie bezahlen . . .«
»Wir bringen Tabak . . .« Eine Weile verbrachten die Geier verlegen damit, ein schmutziges Taschentuch zu entknoten, in dem sich getrockneter Tabak befand.
Dann fragte Doña Zopi zwischen den Zähnen:
»Popi, ist der heilige Gott nicht da?«
»Was heißt hier Popi, er heißt doch Pedro?« rief der Geier mit Knüttelstimme.
»Entschuldigung, Geierchen!«
»Macht nichts, Geierin!«
Und Don Zopilote und Doña Zopilota sträubten die Halskrause, bewegten den Schwanz und sagten gleichzeitig:

»Ist der heilige Gott nicht da?«
»Er ist da wie überall«, antwortete der Portier und roch an dem Tabak in seiner Hand, der mit Feigen versetzt war.
»Ist er im Himmel? Wir sind gekommen, um ihn zu sprechen . . .« Der alte Portier schüttelte den Kopf:
»Was ich sage, bleibt gesagt! Wie kann er nicht da sein?«
Und der Pistolenengel erschien. Die Wolken bildeten Hügel und Wellen. Er hatte zwei Beine, aber wenn er schritt, schienen es mehr zu sein. Der Pistolenengel schien hundert Beine zu haben.
Der Große Grandote und Allergrößte Zopilote fragte, ob man den Herrn zu Gesicht bekäme, und der Pistolenengel antwortete wie im Selbstgespräch, daß er zwar anwesend, aber nicht zu erblicken wäre, denn Gott ist unsichtbar.
Doña Zopilota wurde noch schwärzer, schluckte Spucke und Don Zopilote vollführte einen Sprung nach rückwärts. Sie hielt ihn fest:
»Wo willst du hin . . .?«
Der Pistolenengel gab ihnen folgendes Zeichen:
»Wo ihr Feuer seht, schaut nicht auf das Holz . . . Wer das Holz ansieht, schaut auf das Häßliche, und Gott ist schön; man muß das Feuer betrachten . . .«
»Das geht ja mit vollen Segeln«, sagte Doña Zopa. Und alle drei, sie und der Engel, flogen, bis sie ein Feuer sahen, und die Geier öffneten die Flügel zu einem Palmenkreuz. Und als sie vor Gott dem Herrn standen, sprachen sie:
»Cru tru o . . .! cru tru o . . .! cru tru o . . .! Schwarz sein ist sehr traurig. Trauer im Körper, Trauer in der Seele, Trauer in den Flügeln. Herr, du hast die

freundlichen Vögel in Weiß gekleidet. Aber auch die Geier sind nicht böse; sie sind keine Eulen. Es kränkt uns, schwarz zu sein, so schwarz im Gesicht, so schwarz am Körper, so schwarz an den Flügeln!«

»Ich weiß, was ich tat!« antwortete Gott der Herr. Seine Stimme klang im Feuer wie die eines Blasenden, »aber es sei denn, es sei, ich bin nicht nur Gott, ich bin auch Diener, ich will euch weiß kleiden. Aber wehe eurem Geschlecht, es wird böse Unfälle beim Fliegen erleben! Gehabt euch wohl, ihr armen Vögel . . .!«

»Cru tru o . . .! cru tru o . . .!« Die Geier entfernten sich und krächzten voller Furcht und Befriedigung. Don Zope und Doña Zopa kehrten in weißen Kleidern vom Himmel zurück, sie hatten die Federn gewechselt.

»Bitten wir um ein Kind«, krächzte der Geier Zopilote mit verrenktem Hals.

Doña Zopilota antwortet ihm sogleich:

»Baue ein Nest, ich bringe das Kind in meinem Bauch vom Himmel!«

Und der kleine Geier wurde weiß wie ein Kücken geboren, und Don Zopilote erzählte es der ganzen Geiergesellschaft.

Eines schönen Tages erschien der Pistolenengel an der Himmestür um zu sehen, wie es mit den schwarzen Vögeln stünde. Und er und der heilige Petrus sahen weiße Geier wie Wolken vorüberfliegen, Wolken verkrüppelter Engel.

Tag der Toten bei den Geiern. Ein wirrer Wirrwarr, eine wirre Verwirrung. Ein Geier stieß an den anderen. Dann ging es los. Kopfüber die einen, wie Blätter die anderen – so fielen sie mit

schlaffen Flügeln aus dem blauen Himmel zu Boden. Weil sie weiß waren, konnten sie einander in dem hellen Tageslicht nicht sehen.
»Die Weißen! Die Weißen! Die Weißen!« riefen die Witwen, die Fischadler und die Eulen neben den Überresten der Geier.
»Cru tru o! Cru tru o! Cru tru o . . .!«
»Ruhe da . . . !« kreischte eine Geierin, »wir gehen zum Himmel und bitten den Schöpfer, der alle Dinge so gut gemacht hat, daß er uns schwarz läßt, damit wir bis an die Sonne fliegen können.«
»Cru tru o! Cru tru o! Cru tru o!« riefen die Geier.
»Weißer Geier, toter Geier! Weißer Geier, toter Geier!« Und Gott erhörte ihre Bitte.
»Aber eine Strafe wird es geben wegen ihres Ungehorsams«, sagte der Pistolenengel, »und sollten ihnen Haare wachsen!«
Und der heilige Petrus vermerkte in seinem schwarzen Buch: »Die Geierkinderchen werden weiß sein, weiß, damit ihre Eltern, wenn sie die Kinder sehen, daran denken, daß das, was Gott erschafft, keiner Verbesserung bedarf, und sie werden lumpig sein wie die Kinder von Aasgeiern und werden stinken!«

DIE KLEINE SPRECHMASCHINE

Felicianita zeigte zwei Schinken aus grünem Fleisch wie Schatten zweier Schatten im Wasser. Ausgestreckt lag sie in ihrem Unterrock auf dem Diwan eines Seerosenblattes und hatte den Kopf auf ein Kissen von Zwiebeln gelegt, die aber nicht nach Zwiebeln rochen, sondern nach einem Anisherzen.

Felicianita war die Tochter einer Fröschin, einer gewissen Feliciana Arope, glückliche Witwe.
»Fröschchen, Schönste in deinem Grün und in deiner Faulheit ...« zwitscherten ihr die Blütenkronen der Wellen, des Windes, der Erde und der Liebe zu. Und Feliciana, die Fröschin, die liebenswürdige Felicianita, streckte im Halbschlaf aus ihren faltigen Lidern die beiden Kugeln ihrer Kampferaugen hervor.
»Kleine Fröschin, Schönste in deinem Grün und in deiner Faulheit ...!«
Aber Träumen heißt nicht träumen, wenn man nicht den Mond betrachtet, während man auf dem Rücken schwimmt. Felicianita betrachtete ihn wie eine silberne Sparbüchse.
»Es gibt nichts Besseres als das schwere Gold«, sagte sich Felicianita, »und dieser mein riesiger Schatz, mein Mondschätzchen, wird mir zum Kauf einer Sprechmaschine dienen!«
Und dann ging sie in die Stadt.
»Bitte, gibt es Sprechmaschinen?« fragte sie da.
»Gibt es Sprechmaschinen?« fragte sie dort mit ihrem Küßchenmund, den Sonnenschirm auf der Schulter, die Unterwäsche, die Wade, den Hut auf dem Wirbel, hübsch anzusehen.
»Mein Fräulein, so etwas haben wir nicht. Wenn Sie schreiben wollen, da gibt es Maschinen; und wenn Sie sehen wollen, es gibt Maschinen zum Lesen ...«
Endlich, nach vielem Laufen und Fragen, fand Felicianita eine Sprechmaschine auf dem Markt, die sie ohne viel Handeln sofort erstand. Geld hatte sie genug, denn sie konnte es ja aus dem Mond nehmen und beliebig verschwenden.

Doña Feliciana Rana, die Fröschin, und ihr Großvater Don Rancual, mußten entsetzlich niesen.
»Das ist noch schlimmer als die Erkältung selbst«, murrte Don Rancual und schneuzte einen großen Lehmrotz in sein seidenes Taschentuch.
»Und, Felicianita, hör einmal ...« sprach Feliciana zu ihm unter einem Sonnenschirm aus Kröte, »wenn sie gesagt hat, daß sie zum Markt gegangen ist, dann gehört es sich eigentlich, daß sie jetzt wiederkommt. Schließlich sind wir ja nicht aus Stoff gemacht wie die Puppen ... Sie hat mir ...«
»Sie hat dir ...?«
»Sie hat mir gesagt, daß sie eine Sprechmaschine kaufen wollte ...«
»Einen Apparat zum Sprechen?« Don Rancual sprang in die Höhe.
»Ich habe es ihr erlaubt ...«
»Du wolltest wohl sagen, zum Schreiben ...«
»Warten wir lieber auf sie, sie wird sich gewiß nicht verspäten.«
»Ich fühle mich schon wie tot ...«
»Spuck nicht immer, Rancual, spuck nicht!«
»Du läßt mich nicht einmal spucken!«
»Da schlüpfen neue Kaulquappen aus. Mehr Enkel, mehr Arbeit!«
In dem kristallklaren Wasser gab es Fische in allen Farben und neugeborene Molche und Vögel mit ganzen Schachteln von Messerchen in den Schnäbeln. Und es gab Don Rancual und seine Migräne und Felicianita Arope – der Name Arope rührte von der Nahrung her, die ihre Eltern zu sich nahmen.
»Woher kommt die junge Dame?«
»Ich war auf dem Markt von St. Blasius!«

»Und was bringst du uns?«
»Zuckerwatte!«
»Und was noch?«
Doña Feliciana, Frau Fröschin, schwieg halbwegs; sie sog mit amphibischem Pfeifen die laue Luft ein und bewegte den Mund, als ob sie zu sich selber spräche.
»Und was noch, möchte ich wissen«, nieste Don Rancual, »denn was Feliciana sagte, hat mich neugierig gemacht. Nicht, weil sie eine Frau wäre. Ich möchte nur gern wissen, ob du auf dem Markt eine Maschine zum Sehen gefunden hast...«
»Ich habe die Sehmaschine schon das vorige Mal gekauft«, sagte Doña Feliciana, »jetzt brumme nicht: Du liest doch mit dieser Maschine die Bläschenzeitung...!«
»Ich habe nichts gesagt, und du hast nichts gesagt, und Felicianita hat auch nichts gesagt... Entschuldigt meine Torheit, aber ich bin alt und – was denn...?«
»Großpapa, ich habe eine Sprechmaschine gesucht, und was du eben gehört hast wie ein Jammern...«
»Es ist eine Saite, die dieses Geräusch verursacht! Eine Sprechmaschine mit Saiten bringt mir diese Teufelsenkelin her? Frosch und Kröte, verdammt noch einmal...! O je, o je, mein Gott... ich höre auch eine Stimme!«
»Ein ganz moderner Apparat«, sagte Doña Feliciana und kratzte sich mit ihrer Fröschinnenhand am Kopf.
»Ich will zur Hölle fahren, wenn ich nicht endlich weiß, was das ist!«
»Eine Sprechmaschine, Großpapa...«

»... also, alsoo ...« murmelte die würdige Doña, deren Doppelkinn schon halb herunterhing, und Schinken hatte sie auch schon angesetzt.
»Heiliger Himmel, verdammt noch einmal, du hast eine Trompete gekauft, die Verdauungsgeräusche macht!«
»Ach diese Last mit dem Kind!« warf Doña Feliciana ein.
»Auf dem Markt von Carrizo haben wir einmal einen Wettstreit veranstaltet, hundertundzehn Frösche im Chor gegen so einen Apparat ...«
»Und was ist passiert, Großpapa?«
»Passiert? deine Halbamme, die Fröschin nämlich, die dich aufzog, platzte wie eine Tüte vor lauter Geschrei: quack quaack quack quaack quaaaaack!«
»Es gab ein riesiges Theater«, sagte Doña Feliciana, »wegen eines wunderschönen Fröschchens, das, halb Blume, halb Äffchen, röchelnd verendete, weil man ihm trotz ärztlichen Beistands ein gewisses ›Koaf‹ nicht aus der Kehle operieren konnte. Man hielt ihm die Nase zu, man zog ihm die Beine lang, doch es half alles nichts, es starb an seinem ›Koaf‹ ... ›Koaf‹ ... ›Koaf‹ ... und daher kommt die Krankheit, die man in der Fröschesprache Entkoaftung, oder Entkräftung, nennt ...«
»Und Doña Sergia Turbina, elf Töne und fünfzehn Echos vorne und zwölf im Hintern, starb mit dem Wort ›lero‹. Lero lero ... lero lero ...«
»Und der Apparat?« fragte Felicianita ...
»Was für ein Kind! Besser, es schwiege!«
»Ach, Mama, so ein liebenswerter Apparat.«
»Ein äußerst widerspenstiger Apparat! Denn es kam Nachschub, lauter neugeborene Frösche, besser trainierte Frösche, aber das Teufelsding mach-

te einen solchen Lärm, daß man sie nicht hören konnte ...«

»Zeige uns jetzt deinen Kauf, meine Herzenstochter und Enkelin von Don Rancual, der das Gute und Schlechte kennt ...«

»Und wenn es sich um etwas Ähnliches handelt wie in Carrizo, dann ist es aus; dann mußt du mit der Maschine woanders hingehen ...«

»Mit meiner Sprechmaschine ...?«

»Mit deiner Sprechmaschine ... sie muß weg, die ganze Blechkiste mit ihrem Teller und ihrer Saite!«

»Also ich werde sie euch zeigen. Gott gebe, daß sie nicht beißt, sie hat eine Börse voller Gold in der Größe des Mondes gekostet.«

Don Rancual und Doña Rana, Feliciana die ältere, schwiegen. Großes Erstaunen, und nachher beide im Chor:

»Aber das ist ja ein Papagei ...!«

Und Felicianita Arope gab unter läutendem Lachen die rechte Erklärung: »Eine Sprechmaschine mit einer Herzsaite!«

6

Eines Morgens nahm mich Eduvijes bei sich zu Hause an der Hand und führte mich durch den Garten, der von Schmetterlingen ganz außer sich war. Hier hatte ich die Freude, seinen blinden Sohn kennenzulernen. Freude? Ja, die Freude, ihm all das zu zeigen, was er selbst nicht sehen konnte; ihm die Schöpfung mit mehr oder weniger klaren Worten zu zeigen, Worten, die hin und wieder aus meiner eigenen Phantasie entsprungen waren, denn ich wollte mich nicht von einem Blinden festnageln lassen, wenn er mich fragte, wie sich dies oder jenes verhalte. Die Welt meines Freundes war eine seltsame kindliche, eine von mir gegründete Welt. Ich weiß nicht – heute habe ich ein schlechtes Gewissen, weil ich ihm die Dinge nicht froher geschildert habe, sondern manchmal vielleicht trauriger als nötig.

Oft stieß ich auf schwere Probleme. Zum Beispiel die Farben. »Was ist blau?« fragte er mich. »Blau ist blau«, sagte ich. »Wie . . .? Wie kann das aussehen, blau?« Der Blinde schwieg, er war nicht sehr überzeugt. Um ihm die Formen der Dinge genau zu erklären, erfand ich ein lustiges System, oder besser gesagt eines, das mir selber Vergnügen machte. Ich schnitt sie nämlich aus Karton. Den Mond und die Sonne rund. Die Sterne mit Strahlen. Die Häuser, das Kreuz, die Gestalten der Kühe und alles. Aber er enttäuschte mich oft nach solch geduldigem Scherenschneiden und Erklären. Denn

als ich ihm den Mond gab und fragte, was er in den Händen hielte, antwortete er: »Eine Kuh.« Und als er ein Kreuz berührte, sagte der Blinde, ich weiß nicht warum: »Das ist ein Haus.« Und als er ein Haus berührte, meinte er, es wäre der Mond, und als er den Mond berührte, meinte er, es wäre eine Kuh, und als er die Kuh berührte, meinte er, sie wäre ein Stern. »Gewiß«, antwortete ich ihm, »so ist es.« – »Wie schön das große goldene Kreuz aussehen muß«, rief er seufzend und dachte an den Mond. »Wie angenehm müssen diese Häuser auf den Betrachter wirken«, setzte er noch hinzu und tastete die Sterne ab. »Und eine Kuh«, schloß er, ein Kreuz berührend. Alles verkehrt – mein Schüler verstand die Dinge immer so, wie sie nicht waren, ich weiß nicht, welche Verdrehung dazu führte.
Manchmal schloß ich die Augen und wiederholte mit ihm: »Welch schöner Mond und die Häuser und die Sterne« – und ich betastete die ausgeschnittenen Figuren der Kühe, Sterne und Häuser.
Nach langen Überlegungen und vielen vergeblichen Versuchen gelang es mir, ihm zu erklären, wie ein Baum aussah. Ich ließ ihn aufstehen und seine Arme ausbreiten. Er hatte große Zweifel. Um ihm den Gang der Hunde zu erklären, befahl ich ihm, auf Händen und Füßen zu gehen. Auch hier hatte er große Zweifel.
»Die Vögel?« fragte er mich eines Tages. »Sehr einfach«, antwortete ich. Geschickt schnitt ich einen Vogel aus Pergamentpapier, einen Vogeldrachen mit Fransen anstelle der Flügel, und legte ihn in seine Hände. »Fühlst du ihn ...?« – »Ja ...« – »Diese Dinger fliegen; weil sie nichts wiegen, steigen sie in die Luft.« – » Und die Luft ...?« Da

scheiterte ich. »Die Luft ... ist das, was wir in uns haben, wenn wir atmen.« – »Aha, das Blut ...« – »Ja, ja«, sagte ich mit schlechtem Gewissen, nur um ihn loszuwerden. Der kleine Blinde erschauderte in dem Gefühl in einer Blutatmosphäre zu leben. Nach einem Seufzer sagte er: »Dann sind die Häuser, die Kühe, die Sterne, das Kreuz, die Hunde und der Mond, wenn sie fliegen, Vögel?«

Ich verbrachte viele schöne Stunden an seiner Seite, so daß ich ihn schließlich liebte wie etwas, das mir gehörte, wie ein Spielzeug. Ich küßte ihn und umarmte ihn – Küsse, Umarmungen, die den kleinen Blinden vor Freude zittern und beben ließen. Nach unseren Küssen und Umarmungen schwiegen wir. Manchmal, wenn er am fröhlichsten spielte, hörte man ihn seufzen. Warum? Er wußte es nie, auch wenn er mir manchmal sagte: »Weil ich blind bin; weil ich nicht weiß, wo meine Mutter ist; weil ich meinen Vater nicht sehen und dich nicht sehen kann.« Seine Worte machten mich traurig in meinem Inneren, auch wenn es mir schmeichelte, daß er darunter litt, mich nicht sehen zu können.

Wir hatten im Garten auf den Mond gewartet. Das Geräusch des Windes im Laub hinterließ eine Traummusik. Und die Wolken hoch oben lehnten sich aneinander wie müde Seelen.

»Wo sind die Wolken?« fragte er mich.

»Am Himmel«, sagte ich.

»Ach, das ist wahr, es ist wahr, die Wolken. Sie sehen aus wie Kühe und Häuser; wie Bäume, Leute, Soldaten, die nach dem Takt der Sonnentrommel in den Krieg ziehen. Denn das ist, was man im Laub der Bäume vernimmt, die Trommel der Sonne!«

Nachdem wir uns schweigend die Hände gedrückt hatten, fragte er wieder:
»Wo sind wir?«
»Im Garten ... fühlst du es nicht?«
»Ja, richtig, im Garten. Der Garten ist wie der Himmel.«
»Würdest du ihn gerne sehen?«
»Nein, ich würde gerne dich sehen! Wie siehst du aus? Bist du wie ich? Kannst auch du nicht sehen? Hat dir jemand die Dinge der Welt an ausgeschnittenen Bildern erklärt, so wie mir?«
Ich erschauerte.
»Mein Vater sagt, es ist nicht traurig, blind zu sein, wenn man Freunde wie dich hat, die einem erzählen, wie die Dinge beschaffen sind. Es gibt Personen, die sehen und doch so vieles nicht kennen und obendrein das Unglück haben, ohne Freunde zu sein, ohne eine einzige Seele, die ihnen die Welt erklärt.«
Hier unterbrach er sich und seufzte.
»Ich seufze, weil ich meine Mutter nicht sehen kann. Sie ist nicht bei uns. Aber auch dann wäre ihr Bild für mich unfaßbar. Du kannst glücklich sein, daß du deine Mutter kennst, daß du sie bis zur Ermüdung gesehen hast, bis sie dir häßlich oder frivol erschien, was weiß ich ...«
Die laue Luft im Garten verklärte die Zweige der Bäume. Ich ging neben ihm, ohne auf seine Fragen zu hören, den Kopf gesenkt, in den feuchten Augen ein zärtliches, stilles Weinen. So gelangten wir zu seinem Haus und ich in das meine, gerade im Augenblick, da meine vermutliche Mutter und meine vermutliche Schwester in ihren schwarzen Gewändern heimkehrten.

Ich flüchtete mich in die dunkelste Ecke und begann nachzudenken. Meine Blindheit war traurig, viel trauriger als die seine... Ich hatte Augen, aber ich konnte nicht sagen: Ich habe meine Mutter gesehen. Es ist nicht so schrecklich, blind zu sein, hatte der kleine Sohn von Eduvijes gesagt, wenn man Freunde hat, die einem erzählen, wie sich die Dinge verhalten. Und das ist wahr. Denn mir, der sehen konnte, hatte niemand das Geheimnis der beiden Frauen erklärt, die so sehr weinten, als sich der Wagen des Caritasinstituts für immer von unserem Haus entfernte.

7

Tag für Tag verbrachte ich mit meinem Freund und spielt den Lehrer. Ich war befriedigt von meinen Erklärungen, die immer genauer wurden. Nur manchmal wurde ich traurig. Zwar konnten meine Augen sehen, sie erblickten Farben und Formen, unterschieden Nähe und Ferne, aber es war mir nicht möglich, den Schatten begreiflich zu machen, der mich umgab, meinem eigenen Schatten so ähnlich; ein Schatten, der dem schwarzen Dienstmädchen glich, das eines Tages, seinerseits schwarz wie ein Schatten, mit meinen Müttern nach Hause kam. Die Unfähigkeit, das Geheimnis, das mich umgab, mit den Augen durchschauen zu können, zerstörte die Freude an meinen Tagen als Lehrer. Denn ich hatte bemerkt, daß ich so blind war wie mein Freund. Beide waren wir blind. Und eines Nachmittags gestand ich es ihm.

Wir waren beide blind. Lehrer und Schüler. Ich begriff, daß die Vergleiche, die ich ihm gab, wenn ich die Wolken Armeen nannte oder von Bäumen wie von Männern mit ausgestreckten Armen sprach, im Grunde nichts erklärten. Vergleichen heißt nicht erklären, wenn die Mittel, derer wir uns bedienen, um die Dinge kennenzulernen, uns ihrerseits unbekannt sind. Man erklärte mir die Sache mit meinen zwei Müttern durch eine Geschichte: Man verglich meine Lage mit der eines gewissen römischen Heiligen – und ich erklärte meinem Freund die Dinge, die uns umgaben, durch die Vergleichung mit anderen Dingen. Was nützte es ihm zu wissen, daß die Kühe gingen wie eine Person auf vier Händen? Meine Begeisterung nahm ab, und der Arme redete immerfort weiter.

»Erkläre mir, wie die Wolken im Augenblick aussehen«, bettelte er und bewegte zwei weißliche Kernchen unter seinen fleischigen Lidern. »Sehen sie so aus wie die Häuser, wo die Sterne wohnen oder wie die Kühe, die heute morgen gemolken wurden?«

Meine Unruhe –: Unruhe so wie sie war; und die Wolken nichts weiter als Wolken, so wie sie waren. Sie sahen nicht aus wie Häuser oder Kühe. Wolken . . . Wolken . . . Wolken . . .!

Wenn ich ihm die gewünschten Figuren gab, die wir einst in froheren Tagen zusammen ausgeschnitten hatten, so tastete er, meine Desillusion nicht bemerkend, an den Konturen entlang, die ein Stück nutzloser Wirklichkeit umfaßten.

»Ich will mir denken, wie eine Stadt aussieht . . .« Und während er von den Häusern sprach, fühlte er Sterne.

Eine Sternenstadt wäre schön, dachte ich, sogar wunderschön.

So wuchs ich heran in einer Atmosphäre getäuschter Blindheit. Eduvijes lachte, als er uns im Hause des Kleinen erblickte, und sagte:

»Da sind sie ja, der kleine Herr Unwissend und der große Herr Unwissend!«

Der Bart von Eduvijes stank nach Tabak. Er benutzte nie eine Schere, seine Hände waren stets schmutzig von Erde, seine Kleider an den Ellenbogen, an den Knien und am Hosenboden geflickt.

Er war ein lebendiges, wirkliches Wesen, anders

als meine Mütter, die mir wie aus einem Traum geschnitten erschienen. Wer hatte sie ausgeschnitten und einander so ähnlich gemacht? Wer hatte sie mir in die Hände gelegt und mich armen Blinden raten lassen, wer meine Mutter, wer meine Schwester wäre?

Lebendig waren auch die Besucher des Gärtnerhauses: Ein Hilfsarbeiter mit einer Narbe vom Ohr bis zu den Lippen, der sich mit den Fingern die Nase schneuzte; ein Holzfäller, dem ein Auge fehlte, öfter spuckend als redend; und immer straff gekämmt die Frau, die das Essen brachte, Señora Nieves – sie bekreuzte sich eifrig, wenn der Hilfsarbeiter oder der Holzfäller ein böses Wort aussprachen. Bei mir zu Hause dagegen schien nichts Wirkliches zu existieren. Weder die Dinge noch wir. Zwei untadelige Frauen, in feinstes Tuch gekleidet, bewegten sich neben mir, stets gut gekämmt, mit Äbtissinnenhänden. Sie sprachen immer nur leise, so leise, daß es schien, als ob sie die Lippen bewegten, ohne etwas zu sagen. Sie verursachten kein Geräusch, wenn sie gingen, und weinten verhalten, halb ängstlich, halb verträumt. So findet sie meine Erinnerung vor: Sie sitzen immer am selben Tisch vor kleinen Porträts und Parfümflakons. Manchmal denke ich, daß ich von ihnen wie durch eine Glasscheibe getrennt lebte, die es verhinderte, daß ich ihre Stimmen und Schritte vernahm. Und was soll ich vom Unterschied der Umgebung sagen. Im Gärtnerhaus wechselten die Gerüche der Früchte mit den Jahreszeiten. An manchen Tagen verwandelte sich alles in süße Orangen, in Ananas oder saure Guavenfrüchte voller Saft und Reife. Tage, in denen das ganze Haus nach gebratenem Fleisch duftete. Nachmittage, in denen es parfümiert war vom dampfigen Bügelgeruch, der aus der Wäsche kam, die sich dann weiß versteifte; und Wintermorgen, in denen sich durch die zwei Stuben des Gärtnerhauses Schimmelduft ausbreitete und der Geruch nach reifen Mangofrüchten, Vogelbauern, Mausefallen und einer Papageienstange. Bei mir zu Hause dagegen immer derselbe Geruch nach behüteter Luft, nach der verlöschenden Flamme des Lichtes. Im Hause des Gärtners Blumen und Schmetterlinge. Bei mir zu Hause immer dasselbe dämmrige Licht vom Morgen bis zum Abend; alles an seinem Platz, die alten Gerätschaften, die unter den ordnenden Berührungen meiner vermutlichen Schwester Sonntag für Sonntag klapperten, während meine vermutliche Mutter den Rest des Silberbestecks überzählte, der noch nicht ins Pfandhaus gebracht oder von den letzten Besuchern nicht gestohlen worden war.

Der kleine Herr Unwissend und der große Herr Unwissend, Schüler und Lehrer, waren unzertrennlich. Entweder er kam zu mir oder ich ging zu ihm. Der Arme, ihm gefiel das Schweigen, in dem ich meine Kindheit verbrachte, die Stille eines Tunnels, der nur einen Ausgang hat. Als meine Lippen seine Wange küßten, jubelte er vor Freude. Er küßte mich auch. Aber mein Kuß war eine zarte Berührung und der seine das harte, starke und warme Pressen seines Mundes auf meine Wange. Das machte mich traurig. Meine Mütter hatten mich gelehrt, mit unerreichbarer Würde zu küssen, leicht, sehr zart; und den kleinen Blinden hatte man gelehrt, mit Kraft zu küssen, sehr stark und pressend.

8

Die Tür wich ein wenig zurück und ich schlich auf leisen Sohlen hinaus. Wir hatten uns im Garten verabredet, um den Teich zu besuchen. Ein Abenteuer. Nachts aus dem Hause zu schleichen, um das trügerische Wasser zu sehen. Niemand folgte mir. Ich hatte befürchtet, daß eine meiner Mütter mich hätte hören können. Aber sie schliefen ohne zu wissen, daß sie schliefen, Bett neben Bett. Eine von beiden war meine Mutter. Die bleichere, die mit dem ständigen Lächeln auf den Lippen. Nur im Schlaf vergaß sie ihre Tragödie und lächelte. Meine vermeintliche Schwester war in Wirklichkeit meine Tante. Ihre Züge glichen denen einer gealterten Braut, die nie einen Bräutigam gehabt hatte, den Zügen einer verlassenen Mutter mit einem Sohn, der nicht der ihre war. Ich nahm die Schuhe in die Hand, damit sie mich nicht hörten und schlüpfte auf Strümpfen durch die bläulichen Schatten der Eukalyptusalleen, zwischen Zypressen, Palisanderbäumen und Pinien hindurch. Die Angst, allein zu sein, erstickte mich; das zerstäubte Schweigen, das von den Sternen herunterfiel, der trockene Terpentingeruch der Pinien und der Duft der Jasmine, das alles berührte mich fremd – und das Aroma der süßlichen Feigen, die den Brummern und Ameisen Obhut boten, jenen Ameisen, die Eduvijes mit seinen Flammen bekämpft hatte (man sah nur noch eine glühende aschene Helligkeit, die einen angenehmen Rauch verströmte).

Mir schien, ich wandelte wie im Schlaf durch einen Traum, den man einatmen konnte, ohne das Haus verlassen zu haben. Auf Lidern gehen. So schritt ich fort durch den Garten bis zum Haus des kleinen Blinden – wachte ich oder träumte ich? – auf den seltsamen Füßen meiner Lider. Ich senkte sie in den starren Duft der Rosenbäume, die mich mit ihren Dornen stachen, wenn ich sie nicht zur Seite nahm, und auf den Statuen der nackten Göttinnen klebte der weiße Duft des Mondes, so daß sie dikker erschienen in der Nacht.
Ich beschleunigte meine Schritte bis zum Haus von Eduvijes. In der warmen feuchten Nachtluft wartete der kleine Blinde im Nachthemd neben einem verwachsenen Weinstock. Wir küßten uns mit nassen Küssen, Morgensternküssen, und wagten nicht zu sprechen. Wir hatten Furcht, unseren Plan in Worte auszuschütten – aus dem Denken kommt man zurück, aus Worten nicht – und so trugen wir schweigend an unserem Vorsatz, den Teich zu suchen und uns mit dem Wasser zu befreunden.
»Scheint der Mond?« fragte er mich. Ich nahm ihn bei der Hand und näherte mein Ohr seinem eisigkalten kleinen Mund.
Luftig wie eine Flamme in seinem weißen Hemd wog er nicht mehr als ich auf der Kruste der schlafenden Erde.
»Scheint der Mond?« wiederholte er nervös.
»Fühlst du ihn?«
»Ja, ja, ich fühle, daß er meine Ohren füllt wie Watte. Papa sagt, daß der Mond blind sei. Viel Licht, aber er sieht nichts.«
Das Rascheln des Laubs unter seinem Nachthemd

ließ hinter unseren Schritten ein fegendes, zitterndes Rauschen zurück.

»Auch die Bäume sind blind. Viele Blätter, aber sie sehen nichts. Und die Sterne, die Räder mit den Zackenspitzen, die du mir ausgeschnitten hast, was meinst du, sehen die Sterne, oder sehen sie nicht . . .?«

»Wenn wir sie anschauen, meinen wir, daß sie uns sehen . . .«

»Dann irren wir sehr. Sie können nicht blinder sein. Schon von Geburt. Sonst wären sie glücklich, anstatt die fatalen Führer unserer Geschicke zu sein.«

»Wie gelehrt!« rief ich aus.

»O ja, seit wir befreundet sind, spricht Papa mit mir über alles. Er sagt, damit ich nicht schweigen muß, wenn du mit mir redest.«

Ich fühlte mich nicht mehr ganz sicher in meiner Rolle als Führer und Lehrer. Mein Freund hatte einen tieferen Sinn für die Dinge, nicht für die Dinge an sich, sondern für ihre unanstastbare Transzendenz.

Mandelbäume, Sonnenblumen, die um sich selber kreisten, vielleicht auch um den Mond in seiner einsamen Nacktheit, Grillen einer verschlafenen Stunde, Glühwürmchen mit grünlichem Licht. Ich lief etwas voraus, mein Freund hielt inne, er suchte mich mit den Händen wie wenn er im Trockenen schwämme, und wagte nicht weiterzugehen. Ich kam zurück und erzählte ihm, daß es eine Art leuchtender Fliegen gäbe, die im Garten umherirrten. Einige brachte ich mit. Und ich nahm seine kleinen Finger in meine hohle Hand, damit er sie fühle. Echte Seide. Ich opferte sie und rieb ihre leichte Helligkeit in seine Augen, auf seine toten Lider.

So sehe ich ihn noch neben mir in seinem langen Nachthemd, in der Maske seines knochigen Gesichtes mit den brennenden Augen, die so taten, als ob sie mit Hilfe jenes somnambulen Würmerlichtes sehen könnten.

»Ich habe Angst«, sagte er halb für sich, halb für mich, »Angst, daß das Wasser mich verschlingt ... das Wasser schluckt die Kinder ... nicht wahr, es stimmt, daß das Wasser die Kinder verschluckt ...?«

»Nur die schmutzigen Kinder ...« lächelte ich mit trockenem Lächeln, denn auch ich hatte Angst.

»Setzen wir uns ...« bat er.

Ich stimmte zu und wir setzten uns auf einen gestürzten Baumstamm, der aber noch nicht verdorrt war. Im Inneren nämlich hörte man es arbeiten, und schon blinkten einige Büschel neuer Schößlinge unter Ranken und Schimmel hervor. Der Teich befand sich hinter uns. Er lockte uns sehr. Ich fühlte seine hypnotische Kraft. Er rief uns mit dem lebendigen Flattern eines Geräusches ... siss ... sissss ... das der Wind auf dem Wasser verursachte ... siss ... sissss.

»An was denkst du?« fragte er ängstlich.

»An das Wasser«, antwortete ich.

»Was für ein Zufall! Auch ich dachte an das Wasser ...«

Wie ein hilfloses Wesen zog er Arme und Beine zusammen und kuschelte sich neben mich. Sein Köpfchen lehnte an meiner Brust, und der Glanz der Glühwürmchen, den ich auf seine Lider gerieben hatte, erschien mir wie Augenringe.

Ich fühlte, daß er mir etwas sagen wollte. Aber er brachte nur eine Geste zustande. Eine Art Suche

nach seinen eigenen Zügen, nach seinem Mund, seiner Stimme, die er nicht fand.
Endlich entschloß er sich:
»Ich weiß nicht, ob ich dir sagen soll, was ich neulich gehört habe. Deine Mütter sprachen mit meinem Papa. Sogar meine Familie vergißt manchmal, daß ich doch hören kann. Weil sie wissen, daß man blind ist, glauben sie, daß man nur ein Ding wäre. Sie sagten, du wohntest einmal in einem sehr großen Haus, umgeben von Dienern mit Zöpfen, nicht weit von einer Lagune bei einem Fischerdorf. Und du spieltest Pirat in einem kleinen Flur. Aus diesem Haus, wo man, Gott helfe uns, den Schächer zur Linken verehrte, waren die Herren, die immer schwarz gekleidet wie du einhergingen, verschwunden. Alle waren verschwunden, und keiner war jemals zurückgekehrt. Der einzige, der ganz vergilbt und mit verschlissenen Kleidern wiedergekehrt war, stürzte sich in die Lagune, und das Wasser verschluckte ihn ...«
Er tat einen überbrückenden Seufzer und fuhr fort:
»Warum fürchten wir einen Teich, wenn du schon oft umher gekreuzt bist auf der Suche nach einem Schiff, das nur wenige je erblickten; wenige nur von den Gespensterschiffen, die auf dem Meer verloren dahintreiben auf der Suche nach einem Schiff, das von schwarzgekleideten Herren gesteuert wird, die schwarzberitten die schwärzesten Nächte ausgesucht hatten um auszufahren, seltsame Männer, die nie zurückgekehrt waren in das große Haus, aus dem du in den kleinen Flur entkamst, den kleinen Flur, aus dem du hin und wieder entflohest, um deine Seele im Lagunenschweigen der Fischer zu baden.

Einer der schwarzgekleideten Männer, der die buschigsten Brauen und nach dem Rasieren ein Gesicht wie gepflügte Erde hatte, war zurückgeblieben. Er verführte die schönere von zwei Schwestern, die einander wie Zwillinge glichen. Stahl ihr die Ehre und war verschwunden. Aus Furcht vor deinem Großvater flüchteten beide und als sie zurückkehrten ins väterliche Haus, da kamst du schon mit. Aber keine beichtete ihrem Vater, wer deine wirkliche Mutter war. Ein Sohn von zwei entehrten Müttern!«

»Also sie . . . also ich . . .« war alles, was ich, geschüttelt von einem Lachanfall, herausbringen konnte.

Der kleine Blinde sprach weiter. Seine Augen bewegten die Lider über den trockenen Kernen. Sie suchten mich.

»Also sie . . . also ich . . .«

Ich lachte, lachte und lachte. Mich entfernen, gleichfalls verschwinden auf einem Weg von Gelächter. Ich ahnte, an einem tiefen Abgrund, vor einem Tränenmeer zu stehen, vor einem Dornengarten. Ich ahnte, während das liebenswürdige Köpfchen an meiner Brust mein Herz zusammenpreßte, daß ein Schatten seine unfaßbare schwarze Trauer über meinem Kopf ausbreiten würde.

»Wie lang ist eine Nacht . . .!« rief er aus.

Ich küßte ihm die Wangen und bestätigte seinen Ausruf.

»Wie lang ist eine Nacht!«

»Gibt es Wolken?«

»Ja, es gibt Wolken . . . schwarze, niedrige, dicke Wolken.«

Als er das hörte, duckte er sich und klammerte sich

an meine Arme, als ob eine unsichtbare Hand ihn von meiner Seite reißen wollte.

»Was ist, ich habe Angst ...« stieß er zähneklappernd unter leichtem Zittern hervor. »Ich fühle, daß ich mich weit von dir und meinem Vater und von meinem Haus entferne, daß man mich unausgesetzt fortzieht, daß man mich schlagen wird ...«

Die schwarzen Wolken bedeckten den Mond und verdunkelten den Garten. »Also sie, also ich ...« wiederholte ich noch einmal, aber ohne zu lachen ...

»Wie sieht ein Friedhof aus? Wie sehen die Toten aus? Warum wird man begraben und allein gelassen ...?« hauchte er seine Fragen.

»Ein Friedhof ist ein sehr fröhlicher Ort ...« – ich machte mich über ihn lustig. Plötzlich liebte ich ihn nicht mehr. Ich würde ihn in die Tiefe des Teiches stoßen, wenn wir näher kämen, und das Wasser würde ihn verschlucken. Ja, ich würde ihn von hinten stoßen ... »Ein Friedhof ist ein überaus fröhlicher Ort«, sagte ich höhnisch, »es gibt dort Achterbahnen und Karussells und die Bewohner, die Toten, treffen sich, um in den Mondnächten zu singen. In diesem Augenblick singen sie sicher. Sie treffen sich zum Singen und Tanzen in weißen Gewändern, ähnlich dem deinen. Aber das tun sie nur in Mondnächten, nie während des Tages, denn die Sonne wischt die Toten weg; und sie treffen sich auch nicht in den dunklen Nächten, weil sich dann alle, die aus den Gräbern steigen, in Schreckgespenster verwandeln und niemals zurückkehren können, genau wie gewisse schwarzgekleidete große Herren, die schwarzberitten das große Haus verließen und jetzt auf hohem Meer in einem finsteren Totenschiff dahintreiben ...«

»Und wie wird man begraben?«

»Wie wenn ich im Spiel Stroh über dich werfe. Nur daß es Erde und für das ganze Leben ist.«

Als er mich das sagen hörte, seufzte er.

»Papa hat mir gesagt, daß der Friedhof aussähe wie eine sehr traurige Stadt. Die alten Leute müssen ihn wohl so sehen. Du sagst, daß er fröhlich ist, und das möchte man lieber glauben, meinst du nicht auch? Deine Mütter sagten neulich, daß auf dem Friedhof alles endet und alles beginnt, daß dort die Eltern ihre Kinder und die Kinder ihre Eltern verlassen. Ich will nicht verlassen werden. Du wirst mich begleiten. Ich will nicht, ich will nicht, daß alles zu Ende ist, ohne daß ich es gesehen habe, ohne daß vorher das schwarze Nichts ein Ende hat, in dem ich lebe.«

Der schwindlige Mond zwischen den Wolken, porös wie ein Bimsstein in einem öligen Himmel; die halb verwischten Sterne unleserliche goldene Buchstaben eines alten Hymnenbuches; das Geräusch des Sandes eine klirrende Uhr; in der Nachtluft der Grevilleen-Alleen die Vögel, die aufgeplusterten Eulen wie nächtlich flanierende galante Damen; aber das alles war ohne Bedeutung für uns, die wir nur Ohren hatten für das Wispern des Wassers in den kleinen Bächen und auf dem Teich: sisss ... sisss ... sissssss ...

»Was sagst du?« preßte er argwöhnisch hervor.

»Nichts ...« antwortete ich und entschied, daß meinen Mund und meine Nase der Duft nach Rauten durchdringe, und wenn ich gesprochen hätte »also sie ...«, so hätte ich leise gesprochen, so leise, daß

ich mich selber nicht hätte hören können, deswegen sagt man, daß die Blinden schwindsüchtige Ohren haben. Also sie ... also ich ...!
»Ich habe dich nur gefragt, um etwas zu sagen. Schweigen bedeutet den Tod. Ich meine das Schweigen der Leute, denn alles andere wird auch weiterhin zu uns sprechen. Warum schweigst du? Gefällt dir nicht, was ich dir erzählt habe? Entschuldige! Früher hast du mir immer viel erzählt, jetzt überhaupt nichts mehr. Was bleibt mir im ewigen Dunkel und Schweigen, als lebend begraben zu werden ...«
»Schweig!« rief ich, »schweig, sprich mir nicht vom Tod!«
Eine Kröte sprang neben meinen Füßen. Einen Augenblick lang wollte ich sie fangen, in seine Hand setzen und ihm sagen, es wäre ein Sittich. Ich haßte ihn. Und ich wollte mich rächen. Das Plätschern der Wassergräben. Die großen Tücher der Schatten ähnlich denen, die meine Mütter benutzten.
»Gehen wir zum Teich«, schlug er mit ängstlicher Stimme vor, furchtsam Verzeihung suchend.
»Ein anderes Mal. Heute nicht, laß uns nach Hause gehen ...«
»Warum nicht, wir sind ausgegangen, um zum Teich zu gehen. Ich möchte fühlen, wie das Wasser ist.«
Und er erhob sich von dem Baumstamm, auf dem wir saßen, und schritt ohne meine Hilfe mit kleinen Schritten in Richtung des Teiches. So glich er dem Wasser in den Bewässerungsgräben. Und er ließ sich von seinem Gehör, dem kaum zu vernehmenden Wispern des Windes auf den flüssigen Laken leiten ... siss ... sissssss ... sissss ... Wel-

cher Vogel war es, der da sang? Welche Blume erwachte aus ihrem Traum – eine schöne Guavenblüte? Welcher Stern erlosch soeben für immer? Der Himmel schnappte und verschluckte ihn.

Ich folgte ihm und hielt ihn zurück, bevor er den Teich erreichte, doch mehr, um mich selber zu halten. Noch einen Schritt weiter, und ich hätte ihn am Arm genommen und nicht mehr losgelassen, bis ich ihn ins Wasser gestoßen hätte ...

»... also sie ... also ich ...«

Bäume in Schwarz, ohne Konturen, Schattenfrottee in den Schatten, Wind, der die Zweige miteinander multiplizierte, wenn er sie anrührte.

Ertränken!

Wenn ich ihn heute nacht ins Wasser werfe, wird niemand wissen, daß ich es gewesen bin.

Mit meinem Geheimnis ertränken ...!

Aber er wußte ja nicht allein davon, auch Eduvijes kannte es, denn meine Mütter – ach ihre losen Zungen! – hatten erzählt, daß sie ... daß ich ... doch machte es mir nicht so viel aus, daß Eduvijes es wußte. Er würde es irgendwann aus seinem Gedächtnis entlassen. Alte Leute werfen alles ab, wenn sie sich für den Tod wie die Schlangen häuten. Ich konnte nicht ertragen, daß der kleine Blinde es wußte. Es machte mich böse zu denken, daß er mit mir zugleich aufwachsen würde – er und mein Geheimnis ...

In meiner Hand befand sich der kleine Körper, meinen Armen anvertraut in seiner Angst vor meiner wilden Unentschlossenheit. In meiner Hand befand sich die Entscheidung, ob wir weiter auf den Teich zugehen oder lieber umkehren sollten.

»Hast du Angst?« sagte er leise.

»Ja, ja, ich habe Angst, kehren wir um nach Hause!«
Ich zog ihn fort (also sie . . . also ich . . .); lieber ihn nach Hause schaffen, ihn ins Bett werfen und in seinen Traum versinken lassen. Ein unheimlicher Gedanke ging mir durch den Sinn: Ihm dann das Nachthemd nehmen und ihn nackt ins Wasser werfen, damit alle glaubten, wenn sie ihn ertrunken fänden, daß er baden wollte . . .
»Jetzt auf Zehenspitzen . . .« sagte ich zu ihm und ließ ihn ins Haus hinein. Der Arme, er ging so brav, so geradeaus auf seinen Zehenspitzen, daß man glauben mochte, so ginge er immer, um keinen Lärm zu machen; damit niemand ihn hören konnte, hören, was ihn nichts anging, ja eben, was ihn nichts anging (also sie . . . also ich . . .) . . .
Ich sagte ihm nicht auf Wiedersehen. Ein kleiner Flur. Ein großes Haus. Und schwarzgekleidete Herren, die ich nicht kannte, die man jeden Abend mit brennenden Kandelabern, gedeckten Tischen und fertigen Betten zurückerwartete. Bezopfte Diener mit schwarzen Knoblauchzöpfen. Die Lagunenfischer mit ihrem Süßwassergestank. Die starren Glaspupillen. Der kleine Flur. Warum haben mich die Zigeuner nicht mitgenommen? Schon hatte mich eine Zigeunerin an der Hand. Die Bezopften hatten mich vor ihr gerettet.
Bis endlich auch ich im Schiff des Pfarrers entkam, der vom Bischof bestimmt war, Priester zu sein in der Gemeinde, die wir eines Nachts verließen, um an ein Ufer zu kommen, das weder Auge noch Meer erreichten. Wir verfolgten ein Piratenschiff auf hohem Meer, das ohne Besatzung dahintrieb. Seine Mannschaft war an einem giftigen Blitz gestorben,

obwohl sie zu leben schien, denn alle waren bei ihrer Arbeit auf den Brücken geblieben, wie es gerade kam. Mein Vater war auch dabei. Wenn meine Mütter aufgestanden sind, werde ich sie nach ihm fragen. Auch wenn sie Tränen vergießen werden so groß wie die Steine, auf denen man den Wagen des Caritasinstituts entschwinden hörte, das Familien mit illegitimen Kindern nicht half.

Starkes Klopfen. Ein Pochen an der Tür. Es dämmerte. Eduvijes kam mit der Nachricht, daß der kleine Blinde im Teich ertrunken war. Ich sprang aus dem Bett. Meine Mütter suchten nach ihren Morgenröcken, und ich lief mit offenem Hemd, rutschenden Hosen und offenen Schuhen zum Teich.

Andere Gärtner hatten sich schon versammelt. Wie eingeschlafen trieb er dort in sein weißes Nachthemd gehüllt. Und einer entkleidete sich, um ihn herauszuholen ...

Mehr sah ich nicht, man zog mich fort. Meine vermutliche Mutter nahm mich an der Hand und wir eilten zusammen mit meiner vermutlichen Schwester ins Haus zurück.

Sie machten die Tür halb zu und weinten. Ich suchte in meinen trockenen Augen eine Träne. Sie weinten schweigend wie nach Noten. Von der Spitze ihrer Wimpern fielen runde Noten in großen Tropfen, Viertel- und Achtelnoten. Im Haus von Eduvijes weinten sie schreiend.

Der Tod des kleinen Blinden war für mich kein wirkliches Ereignis. Er berührte mich wie ein Kinderspiel, wie etwas, das widerruflich war. Wie ein Traum. Sie ließen mich nicht vor die Tür gehen, aber ich wußte, wie man des Nachts fliehen konnte. Wer folgte mir? Wer rief mich?

Sterne, die wie ausgegraben angestaubt erschienen; Kater mit schattigen Wimpern; Bäume, die der Wind lüftete ...

Ich haßte ihn. Ich haßte ihn. Ich spürte ihn an meiner Hand. Ich fühlte, ich würde ihn in den Teich stoßen. Und dann tat ich etwas: Ich nahm von einem der Feuer, die Eduvijes gelegt hatte, eine Hand voll Holz und warf sie ins dunkle Wasser ...

Nichts ... niemand ... erloschen ...

Also sie ... also ich ...

Siss ... sisss ... sissss ... der Wind im Wasser ...

Also meine Mütter ... also der kleine Flur ... die bezopften Diener ... der Schächer zur Linken ... der Zirkus ... Ana Tabarini ... der Neger Pispís ... der Pfarrer ... der Caritaswagen – alles war nur ein Traum gewesen ...

Der Rauch der erloschenen Fackeln schwamm auf dem Wasser wie das Nachthemdchen ...

Ich bekreuzte mich. »Im Namen des Kreuzes«, wollte ich sagen und sagte: »Im Namen der Träume ...!«

Siss ... sissss ... im Wasser der Wind ... im Wasser der Wind ...

ENDE

Miguel Angel Asturias

Miguel Angel Asturias: Sturm
Roman. Lamuv Taschenbuch 74. 16,80 DM / 131 öS / 17,80 sFr

»Sturm« ist der erste Roman aus Asturias' »Bananen-Trilogie«, für die der guatemaltekische Autor 1967 den Literaturnobelpreis erhielt. Schauplatz ist die ausgedehnte Plantage einer US-Fruit-Company in einer lateinamerikanischen Bananenrepublik. Ohne Rücksicht auf Natur und Umwelt, auf Leben und Eigentum der Bevölkerung setzt die Company ihre Interessen durch. Gegenpart des Unternehmens ist der US-Amerikaner Cosi alias Lester Mead, alias Stoner. Er selbst ist Aktionär der Company, versteht sich aber als Interessenvertreter der ausgebeuteten Bevölkerung.

Miguel Angel Asturius: Der grüne Papst
Roman. Lamuv Taschenbuch 89. 19,80 DM / 155 öS / 20,80 sFr

Wie wird Geo Maker Thompson, ehemals Pirat in karibischen Gewässern, zum Bananenmagnaten, zum gefürchteten und bewunderten »Grünen Papst«? Vor allem skrupellos muß er sein, muß sich im »Dickicht der Städte« (Brecht), an der Börse von Chicago und in den Wolkenkratzerbüros der Stadt, in denen über die Anteile an der Bananenproduktion und -vermarktung und damit über Krieg und Frieden in der südlichen Hälfte des Kontinents entschieden wird, ebenso durchsetzen können wie in der lateinamerikanischen Bananenrepublik, die er bald vollständig unter Kontrolle hat.

Miguel Angel Asturias: Die Augen der Begrabenen
Roman. Lamuv Taschenbuch 100. 29,80 DM / 233 öS / 30,80 sFr

Ein Generalstreik wird vorbereitet; der »Tag des Gerichts«, an dem der Diktator gestürzt werden soll, rückt näher. Hauptorganisatoren des Streiks sind Tabio San und Malena Tabay, seine Geliebte, die in einem Dorf in den Bergen als Lehrerin eine Schule aufgebaut hat. Wird der Streik erfolgreich sein? Wie werden sich die Militärs, die Arbeitslosen, die korrumpierte Mittelschicht verhalten?

Bücher aus dem Lamuv Verlag

Rigoberta Menchú

Elisabeth Burgos: Rigoberta Menchú - Leben in Guatemala
Lamuv Taschenbuch 33. 16,80 DM / 131 öS / 17,80 sFr

Rigoberta Menchú, eine junge Indianerin vom Stamm der Quiché in Guatemala, erzählt ihr Leben. Sie berichtet von den Riten und Gebräuchen ihres Volkes. Von klein auf lernt sie, ihrer Kultur und ihren Traditionen treu zu bleiben.
Die Familie lebt einige Monate des Jahres in den Bergen, wo sie Landwirtschaft betreibt. Später ist sie gezwungen, auf den großen Fincas an der Küste zu arbeiten, wo Kaffee und Baumwolle für den Export angebaut werden. Mit acht Jahren beginnt Rigoberta mitzuarbeiten.
1973 wird ihr Vater zum erstenmal verhaftet. Er hatte Widerstand geleistet gegen die »reichen Herren«, die die Bauern von ihrem Land vertreiben wollten. Der Vater geht in den Untergrund. Mit anderen Campesinos besetzt er die spanische Botschaft. Militär stürmt das Gebäude. Der Vater wird ermordet. Einige Wochen später wird auch Rigobertas Mutter und einer ihrer Brüder verhaftet und umgebracht.
»Lesenswert vor allem, weil da jemand, als Indianerin, als Frau, als Arme dreifach verdammt, den Mut hatte und die Kraft, nachzudenken, Widerstand zu leisten, durchzuhalten, Ich zu sagen: ›Und so erwachte in mir das Bewußtsein.‹«
(Erich Hackl in: Die Zeit)
Rigoberta Menchú erhielt 1992 den Friedensnobelpreis.

Rigoberta Menchú/CUC: Die Klage der Erde - Der Kampf der Campesinos in Guatemala
Lamuv Taschenbuch 136. 16,80 DM / 131 öS / 17,80 sFr

Rigoberta Menchú und das »Comité de Unidad Campesina«, deren Vorsitzende sie ist, erzählen von der Unterdrückung und dem Widerstand der »Indigenas« in Guatemala: In den letzten Jahrzehnten ist ein regelrechter Krieg gegen die Armen geführt worden, dem über 100 000 Menschen zum Opfer fielen. Das »Komitee der Landarbeitervereinigung« mußte zur Zeit der Militärdiktaturen im Untergrund arbeiten.

Zeugen des Jahrhunderts

Marta Feuchtwanger: Leben mit Lion
Gespräch mit Reinhart Hoffmeister
in der Reihe »Zeugen des Jahrhunderts«
herausgegeben von Ingo Hermann, Redaktion: Jürgen Voigt
16,00 DM / 125 öS / 17,00 sFr

Marta Löffler lernte Lion Feuchtwanger 1910 in München kennen. Er war damals ein schlechtbezahlter Theaterkritiker. Als er 1958 starb, war er ein weltbekannter Schriftsteller. Marta hat ein erregendes, ja aufregendes Dasein an der Seite ihres hochkonzentrierten, eigenwilligen, empfindsamen, schwierigen und nicht immer ganz treuen Ehemannes gelebt. Mit trockenem Humor und nicht ohne Eitelkeit erzählt sie von ihrem Leben mit Lion: von zwei Weltkriegen, Revolutionen, Jahren der Armut und der großen Triumphe, von Verfolgungen und Emigrationsnot ... von Freunden wie Heinrich und Thomas Mann, Max Reinhardt, Arnold Zweig, Charlie Chaplin, Bertolt Brecht ...

Was diese faszinierende Frau, die 97 Jahre alt werden sollte, erzählt, nennt Marcel Reich-Ranicki »ein Kulturdokument hohen Ranges«.

»Selten erzählen Dichterwitwen und Literatengattinnen so freimütig und respektlos, so offen und heiter von ihrem ganz privaten Schicksal. Bewunderungswürdig, mit welchen Mut die höhere Tochter Marta immer wieder in die Hände spuckt und neu angefangen hat. Mit und ohne Geld, bewundert und angefeindet: Die ›schöne Frau, die so ägyptisch aussieht‹ (Thomas Mann) hatte etwas zu bedeuten.« (Verena Harksen in: Buch-Journal)

»Martas Storys vom Leben der literarischen Emigranten sind komisch und traurig zugleich. Ein amüsantes Buch voller Liebe, Klatsch und klugen Leuten.« (Brigitte)

Zeugen des Jahrhunderts

Hans Jonas: Erkenntnis und Verantwortung
Gespräch mit Ingo Hermann
in der Reihe »Zeugen des Jahrhunderts«
herausgegeben von Ingo Hermann, Redaktion: Jürgen Voigt
18,00 DM / 141 öS / 19,00 sFr

Hans Jonas wurde 1903 in Mönchengladbach geboren. Er emigrierte dreißig Jahre später aus Nazi-Deutschland. Seine nächsten Verwandten kamen in Konzentrationslagern um. Deshalb hatte er sich geschworen, nach Deutschland nicht wieder zurückzukehren, es sei denn, als Soldat einer erobernden Armee.
Hans Jonas erzählt vom bürgerlich-jüdischen Milieu am Niederrhein, in dem er aufgewachsen ist, vom Studium in Freiburg, Berlin und Marburg, von seinem Leben in Palästina und wie er mit britischem Paß in einer jüdischen Brigade nach Deutschland zurückkam, von seiner Zeit in Kanada und den USA – von den Fragen, die ihn bewegen, und von den Menschen, die seinen Lebensweg begleiteten.
Jonas' zentrales Thema ist: »Unsere Umwelt ist wie ein Raumschiff, das nicht vergrößert werden kann. Genau da entsteht ein Mißverhältnis. Wer dachte früher schon an den ganzen Erdball, wer dachte schon an kommende Jahrhunderte!« Jonas geht neue Wege zur Unterscheidung zwischen konventioneller Ethik und der heute notwendigen Fernverantwortung. Er klagt die gedankenlose Ausplünderung und gewissenlose Zerstörung des Planeten an. Für ihn muß zum Gebot der Nächstenliebe die Aufforderung zur Fernstenliebe hinzutreten.
Jonas widerspricht dem unbegrenzten Fortschrittsglauben und der marxistischen Zukunftsutopie. »Wenn es ein Prinzip Hoffnung gibt, dann nur als Hoffnung darauf, daß der Mensch sich auch selber Einhalt gebieten kann.«
1987 wurde Hans Jonas mit dem Friedenspreis des Deutschen Buchhandels ausgezeichnet.